ファン文庫

TeaRS

交差点であった泣ける話

～人生と思いが交わる運命の場所～

株式会社 マイナビ出版

TearS

CONTENTS

青信号の46秒

朝来みゆか

『おしゃれは我慢よ』って、昔のモデルさんが言っていたらしい。真理だ。厚底靴で脚を長く見せる分、足の裏がじんじん痛い。フリルが重なったワンピースは重いし、肌を刺す陽射しは容赦なく体力を削ってくる。

だけど平気。まだ歩ける。排気ガス混じりの空気を吸って、吐いて、あたしは進む。

原宿《はらじゅく》で過ごした時間は夢のようだった。憧れブランドの店長さんはまさにお姫様。思わずあたしも店長さんが着ていた復刻デザインの蔓薔薇《つるばら》ワンピースをお迎えしてしまった。

その後、美容室で髪を明るくして、爪にぷっくり立体的なハートを描いてもらった。カラコンで目を大きくすれば、もう今までのあたしとはお別れだ。

地元じゃできない完璧なアップデート。心臓は鳴りっぱなし、気分は高揚したまま。

「すみません。神宮前《じんぐうまえ》ってこっちで合ってますか？」

マスク姿の女子二人が話しかけてきた。

「合ってますよ」

「ありがとうございます」

二人がぺこりとお辞儀する。年齢は多分あたしと変わらない。もしあたしが制服を着ていたら、この子たちだってきっと話しかけてこない。

美人じゃないし、頭もよくない。秀でた才能があるわけでもないあたし。そのくせ、地元ではそこそこ知られている。

昔、事故に遭ったかわいそうな夏澄《かすみ》ちゃんとして。

左の靴下を脱げば、生々しい傷痕が今も残る。

女子は優しい。バスケの授業でミスしても、いいよいいよと許してくれる。焼却炉にゴミを持っていくのも免除。かわいそうだけど、自分じゃなくてよかったとも思ってるんだろう。

男子はそもそも近づいてこないから、あたしのことをどう思っているのかわからない。

中学に上がる前からそんな感じで、高校に入っても何も変わらなかった。カースト最下層ではなく、特別枠。このまま三年間過ごすのは嫌。

変わりたい。自分を変えたい。まずは見た目、そのためにはお金。

十六歳になる夏、初めてのバイトはクリーニング店にした。貯めておいたお小遣いと合わせて資金は十分。メイクは毎夜、練習済み。夏休み最終週に作戦を決行。上京して別人になって、最高の動画を撮る！

歩道橋を過ぎたあたりから、人が増え始めた。服装も年齢も雰囲気も違う人たち。誰もあたしのことを知らないんだと思うと、不思議にすがすがしい気持ちになる。

今頃、岩生《いわお》は青空の下、バサロで泳いでいる。夏休みといっても、水泳部は毎日練習だ。

まさかあたしが東京にいるなんて（しかもこんな格好で）岩生は思いもしないだろう。

今日の計画は親にも妹にも話していない。バイト先のおばちゃんにだけは、なぜお金が必要なのかしつこく聞かれたから、簡単に説明した。

オンライン上でいろんなことが片づく時代だけど、誰かのレンズを通した映像を見るのでは駄目で、あたしはその場の空気を吸ってみたかった。一度の青信号、四十六秒で千人以上が交錯する、常にお祭りのような場所。

目的地はもうすぐだ。

渋谷《しぶや》スクランブル交差点。東京といえばここって感じの有名スポット。「ハチ公前方面」、「井《い》の頭《かしら》線方面」、「道玄坂《どうげんざか》方面」、「センター街方面」、「原宿方面」の五方向の道が交わり、大型ビジョンに囲まれた巨大な交差点には大勢の人が集まっている。「人生で初めて」を今日だけで何回も経験したけれど、この景色は想像をはるかに超える迫力だ。

灼熱《しゃくねつ》のざわめきに包まれて、あたしはスマホをかまえる。カメラを起動させ、三百六十度回ってみる。四方にそびえるビルを見上げると、ここが谷底なんだと強く感じられる。

ひょろっとした人がそばに立って、話し始めた。

「将来性が感じられるっていうか。で、そのMVに出てくれる子を探してて、君、イメージぴったりなんだよね。よかったら話だけでも聞いてほしいな」

あたしに向けられている言葉だって理解するまでに、しばらく時間がかかった。

隣に立って、よどみなく話しかけてくる男の声が頭の中で反響する。

信号が青になって、周りの人たちが動き出す。

「映《ば》えると思うんだよね。意志を感じさせる目をしてて、でも儚《はかな》さっていうのかな、独特の雰囲気があって。あ、MVってミュージックビデオね。変なビデオじゃないから、その点は安心して。どうかな？　興味ない？」

あたしは動けなかった。すみません興味ないですごめんなさい、と言って離れれば済む話なのに、言葉を発するのはおろか、まばたきさえもできなかった。怖い。立っていられなくなり、あたしはしゃがみ込んだ。重力が二倍になったみたいで、周りのすべてが今にも崩れ落ちてきそうな気がした。誰も心配してくれない。都会って本当にドライで、我関せずなんだ。

そして意識は、十年前に飛ぶ。

事故が起きたのは、夏の夕方、見通しのいい交差点だった。

あたしは幼稚園児で、補助輪を外した自転車に乗って青信号を渡っていた。白い車がぶつかってきて、すぐに停まった。男が降りてきた。大丈夫、痛くない？　念のため病院で診てもらおう。そう言って車に誘った。自転車を置いていくのが気になって、あたしは――。

親は「事故のことは忘れろし」と言った。でも近所の人や親戚の話がなぜか耳に届いて、あたしは知った。理解した。

あたしは、さらわれかけたんだ。悪い大人に。あれは事故じゃなくて、事件。

足の傷は、世界は邪悪だというしるし。

今に意識が戻り、あたしは立ち上がる。肩で息をする。スマホを握った手が汗をかいている。しつこく話しかけてきていた男はいつの間にか消えている。

ここは渋谷。あたしは十六歳。

青信号が点灯し、カラフルな服を着た海外からの観光客が交差点に踏み入った。おどけて写真を撮っている。

あたしにだってできるはずなんだ。生まれ変わった自分を記録すること。

あれから——事故後、幼稚園を欠席していたあたしを、岩生が見舞いにきた。下手な折り紙を持って、ときには虫かごのカブトムシ（全然嬉しくない）を持って。

おさなごころにも責任を感じていたのだろう。あの日、自転車で一緒にいたのは岩生だったから。

十年経っても、岩生はあたしを気にかけてくれる。

その優しさを当たり前に受け取っていたあたしは、いつからか嬉しい気持ちと苦しい気持ちの両方を抱くようになった。男という性を拒絶したあたしの中に芽生えた特別な感情。

学校からの帰りに並んで歩くときも、うちの妹と岩生の妹が宿題をしているのを二人で見守るときも、あたしは自分の頬が赤くなっていないか気になって仕方なかった。

事故がなければ、素直に好きだと言えていたのかな。それとも、事故がなかったら、そもそも岩生を好きにはならなかったのかな。もし告白したら、きっと岩生はノーとは言わない。わかってるから、言えるはずない。じゃ、どうすればいいの。

考えても考えても答えは出なくて、抱え続けた思いを吹っ切るための上京。そう、あたしは変わる。見た目は充分変貌を遂げた。だったら中身も変えなきゃ。

恋なんて消去。リセットしてまっさらになるんだ。決心して、あたしは歩き出す。こちらへ向かってくる人にぶつかりそうになりながら。痛む足を動かし、パニエを蹴ってワンピースの裾をふわっと躍らせて。バイバイ、情けない初恋。交差点の真ん中まで来たとき、信号が点滅し始めた。痛みが最高潮になって、あたしは動けなくなる。

もう歩けない。赤になる前に、向こう側まで渡り切れない。

やっぱりあたしには無理だったんだ。変わろうとしたって変われない。

朝からの幸せな時間の記憶が急激にくすんだ。

周りの人たちが急ぎ足になって、あたしを追い抜いてゆく。

どうにでもなれ。歩くのをやめたあたしの耳元で、ぱしゃっ、と水のはねる音がした。空耳に決まっている。

でもあたしの目にはその姿が飛び込んできた。

丸刈りに学生服姿、岩生が向こう側に立っている。

信号が赤になった。立ち止まったあたしをせかす車のクラクション。

岩生が走ってくる。まっすぐこっちに。幻覚の産物じゃない、本物だ。

「痛いのけ」

あたしは、うん、とうなずいた。素直に認めると、涙が出そうになる。

世界がぐるん、と反転した、と思ったら、岩生があたしを抱えたのだった。

いわゆるお姫様抱っことというあれ。この姿勢、めちゃくちゃ恥ずかしい。

「下ろして！」

岩生は応じない。歩道まで戻って、CDショップの前でようやく下ろしてくれた。

「最初に言い訳させてくれ。バイト先の人に東京の話、聞いた」

「尾行してたの？」

「いや……」

岩生が言いよどみ、車の往来に目をやる。

「お前の行きそうなとこを張ってた。ほんとに来たから俺すげえって興奮した」

ここでずっとあたしを待ってたわけ？　意味がわからない。っていうか、どれだけ暇なんだか。

「どうしてそこまで……怪我のことなんてもう気にしてないから、責任感じなくていいよ。もう、ほっとけし」

岩生が痛みをこらえる顔をした。

「責任とかじゃなくて、お前が危ない目に遭うのは嫌だ。もしお前が退学になるなら、俺もやめるさ」

「は？　退学？」

「その髪、先生怒るぞきっと。黒く染めてこうし、って」

「怒られるかな？　別にいいけど……岩生、こういう格好嫌じゃないの？」

蔓薔薇が繊細に描かれた柄のワンピース。何段ものフリル。つけまつげで縁どった目。こういうファッションやメイクが男子に受けないことくらいわかっている。でも岩生の答えは、あたしの想像と違った。

「お前が着たい服を着てるならいい」

「ほんとに？」

「金髪でも、どんな服着てても、傷があっても、夏澄は夏澄だ。俺は見つける」

真剣な顔で言う。社交辞令ではなく、本当にそう思っているのだと感じられて、それがとても嬉しい。あたしの幼なじみは、最高に素敵な人だ。

煮込んだ気持ちを手渡すなら今しかない。

「あたし、男の人全般が駄目なんだ」

「ああ、うん」

「知らない人とは話すのも無理だし、知ってる人だってこんな距離で十秒も向き合えない」

「……」

「だけど、岩生のことは好き……矛盾してる。どうしてなのか自分でもわからない」

岩生がため息をついて、あたしはうろたえた。もしかして言うタイミング間違えた？　重かった？　お願いタイムマシン、一分前に戻って、爆発して、会話を遮断して！

時空がゆがむんじゃないかと思うほど後悔した数秒後、岩生がぽつりと口を開いた。

「俺が先に言うつもりだった」

「え？」

「ずっと好きだった。お前のこと思うと……力が出るんだ。顔見ると、もっと」

「そんな、あたしは何も」

「お前にとって俺が特別なのは正直嬉しいし、ずっとそうであってほしい。だけどもし、他に信頼できる存在が現れたとして、それでお前の人生が広がるなら、そのときは俺……送り出すよ。すげーくやしいだろうけどな」

どうしてそんな悲しい話を、両想いだとわかったばかりの今言うんだろう。

あたしは、岩生以外の人とどうこうなる未来なんて想像したくない。

初恋が成就したときくらい、幸せに浸っちゃ駄目なの？

好きだけど、憎い。

岩生があたしの頬をなでて、あたしは自分が泣いていると気づく。

「水泳始めたとき、コーチに言われた。一番苦しんだ奴が一番綺麗に速く泳げるようになるって。夏澄が綺麗なのはそういうことなんだろうって思う。立派だよ。俺もがんばらなきゃな、っていつも励まされてる」

「そんなありがたいこと言ってくれるの岩生だけだよ。部活も幽霊だし、目標もないし」

岩生は生真面目な表情のまま言った。

「俺くらいになると、陸に上がっても呼吸できるからな」

「意味不明……っていうか当たり前じゃない？」

あたしは笑った。笑わせてくれたんだと思うと、心の底からありがたく思った。

過去は変えられない、生まれる場所も選べない。待ち構えている不運、不幸からは逃げられない。

だけど生き抜いてみせる。絶望なんてしない。白紙の未来を自分の色で塗りつぶすんだ。

「岩生、ついてきて」

「どこか行くのけ？」

「ううん、ただ渡りたい」

右手にスマホを掲げて、左手は岩生とつないで、四方から押し寄せてくるたくさんの人たちに負けない勢いでアスファルトを蹴って歩きたい。

交差点はもう怖くない。あたしたちはまばゆい夏の中にいる。

四十六秒が過ぎても、青信号が続くんじゃないかと思った。どこまでも歩き続けたいと思った。

ひまわりの君

浅海ユウ

「足首の骨折ですね。ほら、ここ。くっついてるはずの骨が割れてるでしょ」

お医者さんはレントゲン写真をペンで指しながら恐ろしいほど簡単に言った。

「じゃ、今日から入院して、明日、手術ね。ギプスで固定するだけじゃくっつかないレベルだから。大丈夫。ちゃんとリハビリすれば、また運動できるようになるからね」

バスケの引退試合で他の選手にぶつかり、そのまま立ち上がれなくなった。その時は試合で気持ちが高ぶっていたのか、顧問の先生が「病院に行こう」と言うのを大げさに思ったほどだったのに……。

「しゅ、手術しなくちゃいけないんですか？」

確かに足首はどんどん腫れてきて痛みも増している。けれど、この赤紫色の皮膚の下が、そんな大変なことになっているとは思わなかった。

「先生、美雪《みゆき》がお世話をおかけしました」

学校からの電話を受けて病院に駆け付けた母と、車でここまで運んでくれた顧問の先生とがお互い恐縮した様子で挨拶を交わし、付き添いを交替した。

私は、術後の経過を見ながら行うリハビリを含め、約一カ月の入院を余儀なくされたのだった。

明日から学校は夏休み。何だか損したような気もする。が、進学校の習わしで三年生の部活は一学期で終わり、夏休みからは一気に受験モードに入る。

――これまでさぼってた分を入院中に取り戻さなきゃ。けど、その前に手術か……。ドキドキする。麻酔から覚めなかったらどうすんだろ。ボルトで固定とか怖すぎるんだけど。

けれど、緊張した割に手術は呆気《あっけ》なく終わり、退屈な入院生活が始まった。

最初はお見舞いに来てくれたクラスメイトやバスケ部の部員も翌週には顔を見せなくなり、ＬＩＮＥのメッセージが届く頻度も減っていった。

きっと皆、受験モードに入ったのだろう。漠然とした焦りはある。けど、学校や塾とは違い、病院には追い込まれるような空気が流れていない。

「退屈だなぁ」

病室に教科書や参考書を持ち込んだものの、勉強には身が入らなかった。

そんな日が二週間ほど続いたある日、主治医の先生から驚異的な回復力を褒められ、「じゃあ、今日から本格的なリハビリに入ろうか」とその日の午後からリハビリを始めることになった。

二週間ほどのリハビリで経過が良ければ、あとは通院に切り替えることができると言われた。——やったー‼

長くて退屈な入院生活の出口が見えた。とはいえ、体重を足首に載せることができないため、車椅子を使っての移動だったが、それでもウキウキしながらリハビリルームへ向かった。

——うわ……。誰？　あの人……。

廊下の窓から、ひとりの男の人が平行棒を使って歩行練習をしているのが見えた。少し長めの髪とそれによく似合う精悍《せいかん》で彫りの深い顔立ち。バスケットの実業団の中で、私が一番好きな選手に似ている。

「あッ……！」

手が滑ったのか、転んでしまった彼と目が合った。その悲壮感の漂う瞳に胸を撃ち抜かれたような気がした。

「柊《しゅう》くん、大丈夫かい⁉」

私に付き添ってくれていたリハビリの先生が急いで彼に駆け寄った。

——あの人、柊くんっていうのか……。

彼の悲しそうな目が網膜に焼き付いてしまった。


次に私が彼を見かけたのは院内図書館だった。いい加減、受験勉強をしなければ、という気持ちになって教材を持ち込んだ読書スペースの窓際に彼がいた。

彼がこちらをじっと見ているような気がしたので、リハビリルームで目が合ったのを覚えてくれていたのかと思い、はにかみながら会釈をした。

そして、他に空いている席もなかったので、なるべく意識しないようにしながら彼の斜め前に席を取った私に、「W大、受けるの？」と彼の方から聞いてきた。彼が見ていたのが私ではなく、携えていた大学の赤本だったことに気付いて少しがっかりした。

「はい。W大は偏差値高いから私には無理かもしれないけど、家から近いし、ここの女子バスケ部、大学リーグの強豪なんです。あ。私、バスケやってて」

「へぇ。俺、W大のバスケ部なんだ。女子みたいな強豪じゃないけどさ」

「ええ⁉　ほんとですか？」

彼がダンクシュートを決めている場面を想像してうっとりしてしまった。

W大の部活の様子をリアルに教えてくれた彼は、暇つぶしに勉強を教える約束までしてくれた。――なんという幸運！

私は柊くんに勉強を見てもらう合間に雑談もするようになり、彼が一カ月前、よりによって自分の二十歳の誕生日にバイク事故で脊椎《せきつい》を負傷し、右足に残った麻痺を克服するためにリハビリを続けていることを知った。

最初は好きな選手に似ている外見に魅《ひ》かれただけだった。けれど、次第に彼の大人っぽい雰囲気と優しさに魅かれるようになった。そして時々見せる憂いの表情にドキッとする。今や彼の向かいに座るだけで頬が上気するようになってしまった。

「ここ、間違ってるよ。この構文のミス、三回目。W大の英語の入試問題、ナメてると命取りだぞ」

「やっぱり、無理だよぉー。私、英語、苦手だもん」

「簡単に諦めんなよ。何回でも教えてやっからさ」

ついに、こうやって慰めながら頭をぽんぽん、とされたいがために泣き言を言うという技まで身に付けてしまった。

けれど、彼が私のことを妹のようにしか思っていないことにも気づいていて、自分の気持ちを伝えることができないまま退院の日が刻々と迫ってくる。

――私の退院までに気持ちを伝える短期決戦に挑むべきか、退院後もちょくちょくお見舞いに来て距離を縮める作戦に臨むべきか……。

退院を二日後に控えた夏の午後、柊くんに勉強を見てもらっていた私は意を決して口を開いた。「柊くん、あのね……」と、問題集から視線を上げた時、彼はスマホの待ち受け画面を見ていた。そこには、ひまわりみたいに明るく可愛らしい女性の笑顔がある。心臓がドクンと鳴った。

「こ、この人って、カ、カノジョ？　柊くん、カノジョ、いるの？」

彼は『見舞いに来るような友達はいない』って言ってたのに……。

が、彼は「元カノ……、かな」と寂しそうに笑ってすぐに画面をオフにした。

たしかに、カノジョがいるなら一度ぐらいお見舞いに来てもいいはず。ただ、その時の彼の顔があまりにもつらそうで、告白のタイミングを逃してしまった。

それでも、今はカノジョがいないらしいことに胸を撫でおろした。

こうして、柊くんに恋焦がれた二週間はあっと言う間に過ぎ、私の退院前日、柊くんがわざわざ病室を訪ねてきてくれた。

「美雪ちゃん。明日、退院でしょ？　おめでとう」

お祝いの言葉と一緒に、病院の売店で買ったと思われる可愛いシャーペンをくれた。

――これはもう、何としてもW大に合格するしかない。同じ大学生という立場になって妹みたいなJKから脱却してカノジョの座を狙うしか。

「柊くんの入院もあと二週間なんでしょ？　私も何かお祝いするね」

「いいよ。わざわざまた病院まで来てくれなくても」

だからと言って自宅の住所やスマホの番号を教えてくれる気配はない。

「いやだ。絶対、お祝いに来る！」

そんなやりとりをした後、柊くんが少し硬い表情になって切り出した。

「そう言えば、美雪ちゃん、家からW大が近いって言ってたよね？　ちょっと頼みがあるんだけど」と言って、柊くんが差し出したのは白い封筒だった。

「美雪ちゃんが暇な時でいいから、これをW大の近くにあるコーヒーショップでバイトしてる子に渡してほしいんだ。同じ大学の麻里《まり》って後輩なんだけど」

「W大の近くにあるコーヒーショップって駅前のムーンバックス？」

ウン、と寂しげにうなずいた彼は、ただし、自分のケガのことは絶対に言わないでほしいと言って病室を出て行った。手紙に何が書かれているのかとても気になったけれど、しっかりと糊付けされている封を切ることはできなかった。

退院した私は松葉杖こそ必要なくなったものの、まだ完全な歩行を取り戻せたわけではなかった。それでも退院の翌日、私は駅前のコーヒーショップでバイトをしている「麻里」という女性に柊くんからの手紙を渡しに行った。

会えなくなってからさらに柊くんへの想いは募り、彼に関わることは何でも知りたいという好奇心が止まらなかったからだった。

――ムーンバックス、こんなに近所だけど、ひとりで来るの初めてだ……。

たまに立ち寄る時はいつも友達と一緒だった。お喋りに夢中で、どんな人が働いているのかなんて、観察したこともなかった。――どうしよ……。

カウンターの向こうで忙しそうに働いている人に、いきなり「麻里さんっていう人いますか？」と聞くのもどうかと思い、取り敢えず奥の方に席を取ってから注文する人たちの列に並んだ。注文カウンターが近づいてくるに従い、注文品を渡すカウンターの前で立ち働くスタッフの姿も見えてきた。ひまわりのような笑顔でお客さんにカプチーノが載ったトレーを渡している女性がいる。

――あ。あの人……。柊くんの待ち受けの人だ……。

「あの……。麻里さんですか？」

彼女はウエーブのかかった栗色の髪を揺らし「え？」と驚いた顔をする。

「柊くんに頼まれてきました。この手紙を渡してほしいって」

急いでポケットから出した封筒と抹茶ラテの載ったトレーを取り換えるようにして私はそそくさと奥の席に戻った。太いストローでチューッと緑色のラテを吸いながらカウンターの中の彼女の様子を盗み見ていると、お客さんが途絶えた隙に彼女は手紙を開いた。そして次の瞬間、何の前触れもなく、ポロリ、と一筋の涙が彼女の頰を滑り落ちる。それを見て息が止まりそうになった。

私は見てはいけないものを見たような気がして急いでラテを飲み干し、すぐにコーヒーショップを後にした。逃げるようにして。

「待ってー！　待ってくださーい！」

ぎくりとして振り返ると麻里さんが追いかけてくる。まだ足を引きずりながらしか走れない私は、あっと言う間に追いつかれてしまった。

「すみません。少しだけ、お時間もらえないですか？」

どうしていいかわからないまま、彼女と一緒に大学構内に入り、木漏れ日が落ちるベンチに座る。周りで蟬が鳴いていた。

「柊ちゃんからの手紙……。お別れの手紙でした。もう、私とは会わないって」

私は緊張でカラカラになった喉から「そうなんですか……」と声を出した。

「やっぱりフラレちゃった。彼の誕生日、待ち合わせ場所に来てくれなかったから、そうかな、って思ってたんだけどね。彼、モテるから」

彼女は何か聞きたそうだったが、私は「用があるので」と嘘をついて逃げた。

自宅に戻った後も悶々とふたりのことを考えた。麻里さんは柊くんの事故のことを知らされておらず、一方的にフラレたと思っている。ほんとにこのまま何も知らせないでいいのかな……。

柊くんの退院の日、モヤモヤしながらも小さな花束を買って病院へ行った。

「あの手紙、麻里さんに渡したよ。麻里さん、フラレたって、泣いてた」

悩みながらも、手紙を渡した時の麻里さんの様子を柊くんに伝えた。

柊くんは着替えやタオルをロッカーから出してボストンバッグに詰めながら「そうか、ありがとう」と呟くように言う。まだ松葉杖をつく姿が痛々しい。

「私、柊くんはもっと優しい人だと思ってた」

自分でもどうしてそんなことを口走っているのか全くわからなかった。

ロッカーの扉をバタンと激しく閉めた柊くんが、「だってカッコ悪いじゃん」

と見えない何かに怒りをぶつけるように言う。

「麻里の前ではカッコいいとこしか見せたくなかった。それなのに……」

こんな体ではこの先、就職もうまくいくかわからない。早く別れた方が彼女のためだと思ってる。大学も中退するつもりだ、と堰《せき》を切ったように言った。

――そんなに麻里さんのこと、好きなんだ……。

胸の奥がチクンと痛み、柊くんのことが好きで仕方ない自分を持て余す。

「じゃ、行こ。受験勉強見てもらったお礼に柊くんの好きなご飯おごったげる」

いいよ、そんなの、と遠慮する彼を引っ張って病院前からタクシーに乗った。

その車の中で彼は「あの事故。実は麻里との待ち合わせに向かう途中だったんだ。自分に会おうとして事故に遭ったなんて知ったら、彼女は負い目を感じるだろ？　嫌なんだよ、そういうの」と麻里さんに会えない本音を漏らした。

「てか、この車、どこに向かってるわけ？」

明らかにW大の方角へ向かっていることに気付いたらしい。不機嫌になった柊くんは、大学前の交差点でタクシーが停まっても降りようとしなかった。

「ごめんね。病院に行く直前に麻里さんに電話したの。このままじゃいけないような気がして。麻里さん、お店で待ってるって。」

「だから会わないって！　勝手なことするな！　運転手さん、出してください」

「ダメです！　ここで降ります！　はい！　千円！」

降りるの降りないのとモメている私たちに運転手さんは迷惑そうに「どっちなの!?」と声を荒らげた。運転手さんに急《せ》かされるようにして仕方なく降りた柊くんは次のタクシーを探そうとするように車の流れに目をやっている。

――おせっかいな女子高生。完全に嫌われたよね……。

その時、交差点の向こうに立つ麻里さんに気付いた。店でじっとしていられなかったのだろう。柊くんは固まったように交差点の向こうを見つめている。が、信号が青になっても歩き出そうとせず、松葉杖をついてその場を去ろうとする。

そうしているうちに信号が赤に変わってしまった。

「柊ちゃん！」と横断歩道の向こうから麻里さんが叫ぶ。「恋人でなくてもいい！　せめて、卒業するまで柊ちゃんを支えさせて！」そう言って赤信号でもかまわず渡って来ようとする麻里さんの前を車がビュンビュン走り抜ける。

「あ！　危ない！　待ってろ！　麻里、俺がそっち行くから！」

柊くんは信号が変わると同時に松葉杖をついて前へ歩き出した。

その瞬間、私は激しく後悔した。

——まだ、こんなに柊くんのことが好きなのに。

歩きにくそうに左右に揺れている柊くんの背中が涙で滲《にじ》む。

交差点の信号が赤に変わる直前に横断歩道を渡り切った柊くんが、腕を拡げて待っている麻里さんに辿り着く。彼が麻里さんを抱き締めるのを見て、切なさと満足感の混じった涙が溢れた。

——私、がんばってあなたたちの後輩になります。そして、あなたたちに負けないぐらい素敵な恋をしてみせます。

金魚供養

一色美雨季

「征太《せいた》、バスケ部のキャプテンになるかもしれないって」

真緒《まお》が同級生からそう聞いたのは、中学二年生の六月の末のことだった。

それを真緒は「ふうん」と聞き流し、何もなかったかのように数学のノートに視線を落とす。

「気にならないの？」

「別に。それより数学の方が大変だよ。次の授業、当たりそうだから」

真緒はわざとらしく数学の公式をブツブツと繰り返す。真緒は数学が苦手だった。ひとつの公式を使ってひとつしかない答えを導き出すだけの行為に、どうしてこんなに一生懸命にならなければいけないのかと、真緒はいつも思っていた。

「真緒って、征太に冷たいよね。幼稚園の頃は仲良しだったのにさ」

それがどうした、と思いながら、真緒はノートに集中しようとする。

じめじめとした梅雨の空気が、挑発するように真緒を苛立《いらだ》たせた。征太の名前を聞くたびに、思い出したくない光景が脳裏に浮かんだ。

だから真緒は、征太の名前など、もう聞きたくないと思っていた。

――八年前、真緒の金魚は、暴走車の犠牲となった。

――真緒の金魚は、間接的に征太に殺された。

八年前のその日は、真緒の通う幼稚園の納涼会だった。みんな浴衣を着ていて、真緒もおばあちゃんに作ってもらった朝顔の柄の浴衣を着ていた。

メインイベントは、園児全員で踊る盆踊りと、その後に食べる保護者手作りのたこ焼きだったが、真緒にとってのメインイベントは、年長さんだけが参加できる金魚すくいだった。

自分が掬い上げた金魚の中から、一匹だけ貰って帰ることができる。二歳年上の真緒のお姉ちゃんは、真っ黒な出目金を貰って帰った。剽軽《ひょうきん》な顔をした可愛い金魚を小学校にあがってからも大事に飼っていた。だから真緒も、自分だけの可愛い金魚を連れて帰るのだと意気込んでいた。

地元の業者さんが設置したビニールプールの中には、小さな金魚がたくさん泳いでいた。

真緒が捕まえたのは、全部で三匹。シュッとしたスマートな金魚（和金というらしい）が二匹と、三角形の体に長い尾鰭《おひれ》の金魚が一匹。

「この三角形の金魚はね、琉金《りゅうきん》っていうんだよ」

捻じり鉢巻きに法被《はっぴ》を身にまとった業者のおじさんが教えてくれた。

すると、仲良しの征太が、「この琉金、真緒ちゃんに似てるね」と言った。

征太には、琉金の長い尾鰭が、真緒の真っ赤な兵児帯《へこおび》と同じように見えたのだという。真っ赤な尾鰭と、真っ赤な兵児帯。それが不思議な御縁のように思えて、真緒は琉金をもらって帰ることにした。

納涼会が終わったのは、午後六時のことだった。空はまだまだ明るくて、真緒はお母さんと手をつなぎ、反対の手に持った金魚の入ったビニール袋を揺らさないように気を付けながら帰った。

が、信号機のない小さな交差点に差し掛かった時、事件は起きた。

急に後ろに引っ張られる感じがして、真緒はぐらりと体のバランスを崩した。履きなれない下駄を履いていたせいもあって、そのままアスファルトの上に尻もちをつく。びちゃ、と嫌な音がした。金魚の入ったビニール袋も、アスファルトの上に落ちたのだ。

「金魚ちゃん！」

真緒は悲鳴をあげた。が、幸いにもビニール袋の口は開いておらず、中の金魚も無事のように見えた。

「水はこぼれてないから、大丈夫よ」

お母さんの言葉に安堵し、真緒は後ろを振り返った。

そこにいたのは、征太だった。

不自然に伸びた征太の手。真緒は悟った。征太が真緒の帯を引っ張り、交差点の真ん中で転ばせたのだ。

――どうして？

言葉にしようとした、次の瞬間。

「危ない！」

どこかのおじさんの叫び声と、遠くから聞こえる車のエンジン音が重なった。

車のエンジン音は、真緒の耳にも猛スピードで近付いてくるのが分かった。

それはあっという間のことだった。真緒はお母さんに乱暴に抱き上げられると、今までに感じたこともないような速さで移動させられた。真緒の目の前を黒い車が駆け抜けていったのは一瞬のことで、気が付いた時には激しい衝突音とともに、真緒とお母さんは交差点の標識のところで倒れていた。

征太と征太のお母さんは、道路の向かい側で、真緒たちと同じように倒れていた。暴走車は民家の塀に激突してひっくり返り、耳がうわんうわん唸るような衝撃音と、鼻をつく異様な臭いをあたりに残した。

黒いタイヤ痕《こん》は、真緒の足元スレスレにあった。

悲鳴と、安否確認をする知らないおじさんの声と、警察や救急車を呼ぶ誰かの電話の話し声が、真緒の耳に響いた。

みんな無事みたいね、と、通りすがりのお姉さんふたりが話している。

けれど、そうじゃないのだ。犠牲者はいたのだ。

交差点の真ん中で、真緒の金魚は暴走車に轢《ひ》き殺されていた。

見る影もなくなった真緒の金魚。真緒が転んだから。真緒がアスファルトの上に落としたから。真緒が拾い上げなかったから。——だって、驚いてすぐに拾い上げることができなかったから。征太が、真緒を転ばせたのだから。

道路の向かい側にいる征太は、真っ青な顔で表情を固まらせていた。が、真緒が「うわぁん！」と泣き声を上げた途端に、征太も「うわぁん！」と泣き声を上げた。

どうして？　なんて、もう聞くこともできなかった。どれだけ聞いたって、どれだけ征太を責めたって、もう金魚は戻ってこない。

真緒の金魚は、殺された。

その事件以来、真緒は征太と口を利くことがなくなった。

＊＊＊

真緒は自分がこだわりが強い人間だと思ったことはない。

けれど金魚が亡くなった交差点だけは、いまだに迂回する癖がついていた。それを家族は「真緒のこだわり」という。けれどそうじゃないのだ。真緒は、あの交差点を通るのが怖いのだ。

「ねえ、今から薄荷《はっか》カフェにお弁当取りに行くよ。真緒も一緒においで」

ある日のこと。学校から帰ったばかりの真緒に、高校生のお姉ちゃんがお札をひらひらさせながら言った。

「嫌だよ」

薄荷カフェは、あの交差点のところに昔からあるお店だ。軽食が美味しいと人気で、予約しておけばテイクアウトもできるようになっている。

真緒の家は両親共働きで、ふたりとも残業の時は薄荷カフェのテイクアウトに頼ることが多い、いつもならお姉ちゃんが取りに行ってくれるのに、なぜか今日は真緒も一緒に来るようにと言う。

「いい加減にしなよ。もう中二でしょ？　来年は受験だし、あんたの第一志望校って、あの交差点を通らなきゃ行けないないじゃん」

「……別の道を通って行くから、いいもん」

「馬鹿じゃないの？　怖い怖いって、何が怖いのよ。金魚のオバケでも出るって言うの？」

「そうじゃないけど」

「じゃあおいで。私と一緒なら怖くないでしょ？」

大丈夫だから、というお姉ちゃんに背中を押され、真緒はしぶしぶ靴を履いた。

本当は真緒も、このままではいけないということは分かっていた。分かっているけど、あの金魚の亡骸《なきがら》を思い出すと、どうしても逃げ出したくなってしまうのだ。

もうすぐ六時だというのに、外はまだ明るい。

ふと、すれ違った親子連れが浴衣を着ていることに気付く。子供の手には、見覚えのある金魚のビニール袋。お姉ちゃんが、「今日は幼稚園の納涼会だったみたいね」とつぶやく。

「あ、偶然だからね。わざとじゃないから」

うん、と真緒は口を尖らしながらうなずく。お父さんとお母さんだって、わざわざ納涼会の日を選んで残業するはずがない。分かっているけど……なんとなく嫌な感じだ。

交差点が目の前に見える。不意に真緒は足を止め、ふう、と大きく息を吐く。

「緊張してるの？　大丈夫？」

うん、と真緒がうなずいた、その時。

交差点の傍《かたわら》、標識のところに、見覚えのある背中が見えた。

咄嗟《とっさ》に真緒は踵《きびす》を返し、その場を逃げ出そうとする。

けれど、それを止めたのはお姉ちゃんだった。真緒の二の腕を摑むと、まるで誘拐でもするかのように、ぐいぐいと引っ張りながら前に進んだ。

「征太君、久しぶり！」

不自然なほど明るい声で、お姉ちゃんは見覚えのある背中——征太に声をかけた。

征太は弾かれたようにこちらを振り返ると、「あ、先輩！」と声を上げ、続けて真緒の方に視線を滑らせた。

真緒の存在に驚いたのだろう、征太の顔が引き攣《つ》ったのを、真緒は見逃さなかった。けれど、征太以上に真緒の方が顔を引き攣らせていたと思う。お姉ちゃんはそんなふたりを交互に見比べながら、「そういえば、あんた達同じクラスなんだよね？」と今更なことを確認する。

「仲良くしてるの？」

どうしてそんな意地悪なことを聞くんだろう、と真緒は思う。真緒が征太を避け続けてることを知ってるくせに。その原因だって、分かってるくせに。

真緒も征太も答えない。するとお姉ちゃんは、「最近、高校の同級生から聞いたんだけど」と、特にふたりを気にするふうもなく言葉を続ける。

「その同級生って、うちの中学のバスケ部ＯＢなんだけどね、そいつが言うには、幼稚園の納涼会の時期になると、毎年この交差点に花を供えるバスケ部員がいるんだって。そしたら、それは征太君だって言うじゃない。本当なの？」

お姉ちゃんの問いに、征太はうつむいた。

真緒は視線を動かし、標識の根元を見る。

小さな菊の花束が、静かにそっと供えてある。

「誰のための花なの？」

お姉ちゃんの問いに、それは……と征太の口が動いたような気がした。けれど征太はすぐに口を噤《つぐ》んだ。言わなくても答えは分かっていた。

ここで命を落としたのは……。

「……私、そろそろ薄荷カフェにお弁当を取りに行くね」

歩き出そうとするお姉ちゃんの背中に、慌てて真緒もくっついて行こうとする。するとお姉ちゃんは「真緒は征太君とここにいて」と言う。

「ちゃんと話し合った方がいいでしょ。あ、それと、お父さんとお母さんの残業は本当に偶然だからね。あの人達、あんた達の揉め事に首を突っ込むほど暇じゃないから。それじゃ、またあとでね」

「お姉ちゃん」

それでもついて行こうとする真緒を、お姉ちゃんは強引に両手で突き放し、駆け足で交差点の向こう側に行く。次の瞬間、交差点を一台の車が横切った。

それはまるで、真緒を足止めさせるかのように。

真緒は呆然とお姉ちゃんの背中を見送る。こんなの困る。話し合えと言われても、八年間も口を利かなかった相手と、どう話せばいいのか分からない。

「……ごめん」

わずかの沈黙の後、不意に征太が口を開いた。「ごめん。金魚にお供えとか、俺、キモいよな。まさか、先輩にバレてると思わなかった」

覚悟を決め、ようやく真緒も口を開く。

「……毎年お花を供えてくれてたの？」

「うん、まあ、俺のせいで車に轢き殺されたんだし」

それは征太だけのせいじゃない。けれど、真緒の口から、その言葉はまだ出てこない。代わりに真緒は「どうして私の帯を引っ張ったの？」と聞く。

「カナブンがくっついてたから」

「え？」

「帯の結び目のところに、カナブンがくっついてたんだ。……虫、嫌いだったろ？　だから、カナブンをとってやろうとして……こう、歩きながらだったから上手くいかなくて……気が付いたら、帯ごと引っ張ってた」

「そんな……」

あれは、征太の意地悪ではなかったのだ。

何をどう言っていいのか分からず、真緒は標識の根元に蹲《うずくま》った。

——菊の花が風に揺れている。金魚のための、弔いの花が。

「ええと、あの……ありがとう。それから……ずっと無視してて、ごめんね」

ようやく知った真実に泣きそうになりながら、真緒は素直な気持ちを口にした。征太は「別にいいよ」と言って、真緒の隣に膝を折った。

「俺、あの金魚が真緒とダブって見えたんだ。だから……もしかしたら、金魚が真緒の身代わりになってくれたのかもしれないと思った。この交差点で死んだのは、本当は真緒の方だったのかもしれないって」

真っ赤な金魚が真緒に似ていると言ったのは、征太だった。「久しぶりに話したのに、俺、キモいことばかり言ってるな」と苦笑いを見せる征太の優しさに、真緒は、金魚の死に傷付いたのは自分だけではなかったのだと知った。

征太は目をつむり、交差点の真ん中に向かって両手を合わせた。

真緒もそれに倣う。遠くから子供達の楽しそうな笑い声が聞こえ、真緒はかつての自分達を思い出す。

――八年前、真緒の金魚は、身代わりになってくれた。

目を開け、真緒は、祈る征太の真剣な横顔を見つめた。

辺りは、暮れかけた夕陽の赤に染まっていた。それはまるで、あの金魚の魂がふたりを優しく包み込んでいるようだと、真緒は思った。

つないだ手

国沢裕

「ちょっと！　会社が休みだからって、いつまで寝ているの？」

眠い目をこすりながら居間に姿を見せた美帆《みほ》に、店から様子を見にきた母親が声をかけた。時計の針は午後一時をさしている。定食屋を営む両親の店は、一日のなかでとくに忙しい時間を乗り切ったあとらしい。

「え〜。だって、昨日は仕事で遅かったから……」

「若いんだから、それだけ寝たら体力は回復しているでしょ。夕方は店の手伝いをしてちょうだい。休みでもどうせ、なんの予定もないんでしょう？」

美帆に付き合っている相手がいないことを知っている母親は、勝手に決めつける。いつものことだが、たちまち美帆は、むっとした。

「昨日まで大変だったの！　仕事ですごく疲れたの！　なのに、なんで休みの日まで働かなきゃいけないのよ！」

「お母さんたちは毎日店があって、休みなんかないんだよ」

「それは、お店に休みの日を作っていないからじゃない！」

二十年以上も長く地元の人たちに愛される、人気の定食屋だ。お客さんのために休みなしで店を開けていることを知ったうえで、美帆は言い返す。

「自分だけが仕事で疲れているだなんて、思っているんじゃないだろうね」

「うるさいなぁ！」

学生時代の反抗期がまだ続いているように口答えをした美帆は、ぷいっとそっぽを向いた。そのまま自室へ引き返し、気持ちが昂《たかぶ》ったまま不機嫌な顔で着替えると、財布とハンカチが入ったバッグをつかんで、家から飛びだした。

昨日は遅くまで会社に残っていた。憧れていた広告会社に入社して、念願の企画部に配属されて二年目。ずっと先輩のアシスタントをしていたが、やっとひとりで企画を任されたのだ。そして、張り切って夜遅くまでかかりながら満足できる企画書を作成して提出した次の日、ついお昼まで爆睡してしまった。

もともと熱しやすく冷めやすい性格なのだ。頭に血をのぼらせて歩いていた美帆だが、外の空気にあたっているあいだに、やがて怒りがおさまった。そうなると、ほどなく後悔に襲われる。

――あんな言い方をする気はなかったのに。たぶん、初めて任された仕事を達成できたことで、気分が高揚していたせいかもしれない。

でも、すぐに引き返して母に謝るのは、とても気まずい。

モヤモヤと考えながら、美帆の足は無意識に駅のほうへ向かっていた。


繁華街や有名な百貨店が近くにある最寄り駅の前は、小さな広場になっている。その広場の先に、大きなバス通りが横に走っていた。繁華街の入り口が広い道路を挟んで右手のほう、百貨店の入り口が左手のほうと向かい合う。あちらこちらの道路がつながっている大きな交差点で、その道幅も広い。時間帯によっては、とても交通量が多くなる。そのために、駅前の交差点は、歩車《ほしゃ》分離式の信号機があるスクランブル方式だった。

時間をかけて順番に、縦方向の車道の信号が青になり、次いで横方向の信号が青になる。途中で右折や左折の信号も表示され、最後に歩行者用の信号が青に変わると、すべての車両が停まって、歩行者が一斉に歩きだす。スクランブルだから、斜め横断も含めて縦横無尽だ。

幼いころ、この信号を渡るときは子ども心にワクワクしたものだ。

だが、大人になった美帆は、待ち時間がなんて長いのだろうと、ため息がでてしまう。

そして、ようやく目の前の歩行者用信号が青になると、美帆を含めた人たちが、同時に歩きはじめた。

スクランブルの、真ん中あたりにさしかかったころだろうか。

ふいに美帆の耳に、子どものか細い声が聞こえた。我知らず歩く速度を落としながら見回すと、自分のすぐ後ろで、幼稚園児か小学生になったばかりのような年齢の女の子がひとり、両手で目をこすりながら歩いている。そして、振り返った美帆にぶつかった女の子は、涙でぬれた瞳で彼女を見上げた。

「え？　どうしたの？　お母さんは？」

思わず問いかけた美帆に向かって、女の子は口もとを震わせると、さらに涙をあふれさせた。

「ママがいない。ママ……」

——ああ、そうか！　この子は、迷子だ。

美帆がそう気づいた瞬間に、若いサラリーマン風の男性が急ぎ足で彼女の体をかすめていった。立ち止まっている美帆を、邪魔だと言わんばかりに睨んで女性が通りすぎる。すぐに美帆は、ひとまずこの場から移動しようと考えた。

「ねえ、ここは危ないから、歩道まで一緒に歩こうか」

そう言いながら美帆は右手をだして、子どもの左手をすくいとる。そして、足元もおぼつかなく人波に押し流されそうな女の子を、美帆は一番近い歩道へ誘導するように連れていった。

歩道にたどりつくと同時に、信号が点滅をはじめた。

安全な場所を確保してから、美帆は女の子の前にしゃがんだ。ざっと女の子の姿を確認する。身長は百センチを超すくらいだろうか。綿素材のパステルピンクのワンピースを着た、色白の可愛らしい女の子だ。肩にかかる細いふわふわの髪は少し乱れていて、大きな黒い瞳は涙でぬれている。

「ねえ。ママと一緒に、ここまできたのかな？」

美帆の言葉に、女の子はまばたきをしたあと、こくりと大きくうなずいた。

「ママが、どこかにいっちゃった……」

口にだしたとたんに心細さを思いだしたように、また女の子の瞳に涙があふれてくる。美帆は、急いでバッグからハンカチを取りだした。女の子のやわらかな頬を押さえるようにして涙をぬぐう。

それから美帆は、彼女の母親を捜すために顔をあげて、車道の向こう側へ視線を向けた。交差点は、もう車が動きだしている。あちらこちらの横断歩道前も、次の信号待ちをする人々が集まりだしていた。それらの人たちのなかに、美帆がパッと見て、女の子の母親らしき女性は見当たらない。

女の子と母親は、完全にはぐれてしまったのだろうか。

それなら、人が増えてきた横断歩道の前で捜しながら待つよりも、駅前にある交番に連れていったほうがいいかもしれないと、美帆は思案する。

「ねえ。ママがわかるように目立つところへ移動して、ママを待とうか？」

しゃがんだまま、美帆は女の子の顔をのぞきこんで訊いた。すると、女の子はしゃくりあげながら、首を横に振る。そして、ささやくような小さな声で美帆に言った。

「ま、まいごになったら、そこから、うごいちゃだめって」

「――ああ、そうか」

「だから、ここにいるの」

泣いていても、女の子からは頑として動かない気配が伝わってきた。

ここから離れたら、それだけで母親とのつながりが途絶える気がして、不安になってしまうのだろう。

「そうか……。うん、それじゃあここで、お姉ちゃんと一緒にママを待っていようか」

美帆の提案に、女の子は黙ったまま、こくりとうなずいた。

歩道でしゃがみっぱなしも周りの邪魔になるかと考えた美帆は、腰を伸ばすように立ちあがる。交差点で出会ったときから、片手はつないだままだ。

スクランブルの信号の待ち時間は長い。こうして待っているあいだに、はぐれたことに気づいた母親が、交差点まで戻ってくるだろう。そのとき、女の子が車道へ飛びだしたら危険だ。そう考えた美帆は、女の子と手をつないだまま母親を待つことにした。

飛びだしたら危ない。その理由で手をつないでいた美帆だったが、気がつけば、女の子のほうから小さな手で、ぎゅっと美帆の手を握りしめている。

子どもの手は小さくて、ふっくら丸みを帯びていて、あたたかい。

普段から、幼い子どもと交流する機会など持たない美帆だ。小さな手の感触に驚きながら、そういえば、手をつなぐことなんて、いつ以来だろうと考えた。

小学生のころ、仲の良かった女の子と手をつないでいただろうか？

いや、どちらかというと、昼休みなどに一緒にいるときは、手をつなぐよりも腕を絡めていたかもしれない。

そういえば、もっと昔――この女の子と同じくらいの年齢のころ、母親と手をつないだことがあったっけ。

「――あっちゃん、ママとケンカしちゃったの」

ふいに、女の子――あっちゃんが、ぽつりと口にした。え？　と、美帆はあっちゃんを見下ろす。あっちゃんは、小さな声で言葉を続けた。

「あっちゃん、ママにわがままをいったの。そしたら、ママがおこったから、あっちゃんもおこって、ママと手をつながなかったの。そしたらママと、はなれちゃったの……」

「そうなんだ」

「ママに、すぐにごめんなさいすればよかった。手をつないでって、いえばよかった……」

あっちゃんの言葉を聞きながら、美帆も、ああ同じだ、と思った。

自分も、すぐに素直に謝らなかったから、こうして途方に暮れている。

美帆が小さいころから、両親はお店を続けている。特別なことがない限り、店を休むことはなかった。そのために、美帆の母親がおしゃれをして、美帆とともにお出かけをした記憶がほとんどない。

美帆が思いだした数少ないお出かけ風景は、買い物に行く母親に手を引かれて、いまのように交差点で信号を待っていた記憶くらいだ。

あのときは、あっちゃんのように自分の手のほうが小さかった。だから、母親の手はとても大きくて、使いこまれた手はちょっぴり荒れたようにカサついていて。でも、小さな美帆の手をしっかりと包みこんでくれていた。

なぜだろう。いま、そのころの記憶がよみがえってくると、なんだか胸の中が懐かしさでいっぱいになった。のどの奥がきゅっと詰まって、いまにも涙をともなった感情があふれだしそうになる。

昔もいまも、めったに店を休まずおしゃれもせずに、ずっと家族のために父と一緒に店を切り盛りしてきた。そんな母に、今日、自分だけが大きな仕事をやり切った顔をして、文句を言って飛びだしてきてしまった。

やっぱり自分は、まだまだ子どもだ。

母親のつないだ手を振りほどき、感情のままに不満だけを口にするなんて、まるで駄々っ子のようではないか。

いまの美帆は、あっちゃんと、迷子になった者同士で手をつないでいた。そして、きっとふたりそろって、お母さんになんと言って謝ろうかと考えている。

「——あっちゃん、ママがみつかったら、わがままいってごめんなさいってするの」

ふいに美帆の隣で、あっちゃんはきっぱりと告げた。

先ほどまで心細そうな表情をしていたのに、泣きやんで決心を語る顔は、それだけでもう大人びたように感じられる。

「うん。そうだね。素直が一番だよね」

あっちゃんにそう返事をしながら、美帆は心のなかで、それはわたしも同じだと考える。

こんな小さな子どもが決意を固めているのに、わたしが謝れないなんておかしいよね。自分のほうが恥ずかしくなってしまう。


長いスクランブル交差点の信号だったが、そろそろ青に変わりそうだ。

そういえば昔、信号待ちをしていたときに、母親にびっくりさせられたことがあったっけ。

そう思いだした美帆は、あっちゃんの横に身をかがめて、つないでいる手を引き寄せた。

「ねえ、あっちゃん。お姉ちゃんが魔法を見せてあげるね」

「まほう？」

あっちゃんは美帆に、つぶらな瞳を向ける。そんなあっちゃんに、真正面の赤信号を見るように、つないでいる反対の手で指さした。

「お姉ちゃんが、いちにのさんって言うと、あの信号が青に変わるよ。じっと見ていてね」

ただ、信号が変わる順番やタイミングを知っていたら、魔法でもなんでもない単純なものだ。でも、そのことを知らないであろうあっちゃんは、昔の自分のように驚くのではないだろうか。

美帆のほうがそう期待しながら、青に変わるタイミングで掛け声をかける。

「いち、に〜の、さん！」

「あ！　すごい！　あおになった！」

嬉しそうな声をだしたあっちゃんが、直後に前方を指さした。

「あ！　ママ！」

そう叫ぶと、いままで美帆とつないでいた手を振りほどいて駆けだした。

思わず美帆は、危ないと声をあげそうになる。だが、一斉に人が歩きだした交差点のなかでも、先陣を切って走るパステルピンクのあっちゃんと、前方から小走りに駆け寄ってくる女性は、お互いを見失うことはないだろう。

出会ったときのおぼつかない足取りではなく、あっちゃんは、しっかりと地面を蹴って走っている。

交差点の中央で無事に手をつないだ母子の姿を確認した美帆は、くるりと自宅のある方角へ踵《きびす》を返す。

手のひらには、小さなあっちゃんの手のぬくもりが、胸の奥には、昔の記憶でよみがえったあたたかい気持ちが残っていた。

わたしも家に戻って、飾ることなく素直にごめんなさいって言うんだ。

そして、嫌な顔をせずに店の手伝いをしよう。

「さて、帰りますか」

美帆は気合いをいれるようにつぶやいて、一歩を踏みだした。

記憶が交差するところ

杉背よい

うだるように暑い日だった。雪乃《ゆきの》は住宅街から駅へと続く交差点の一角に立ち、向こう側へ渡るタイミングを計っていた。通りの向こうで陽炎《かげろう》が揺らめいている。大学受験を控えている雪乃だが、ずっと家で勉強するのにも飽きていた。予備校も今日は休み。たまには少し体を動かしたほうがいいと、昼近くになって外に出たのだった。

――アイスでも買って家に帰ろうかな。

暑さに負けた雪乃が早々に家に戻ることを考えていると、交差点の向こう側に老紳士が立っているのが見えた。ポツンと一人で心許《こころもと》なく佇《たたず》む様子に、思わず近付いて声をかけた。おじいちゃん子の雪乃は放っておけなかった。

「あの、どうかしましたか？」

老紳士は顔を上げ、「この辺りに洋食屋はありませんか」と訊ねた。

雪乃は考えを巡らせる。この近辺は住宅街だ。コンビニと、雑貨店、カフェならば心当たりがあるのだが――。

「なんて言うのかな……こう、昔ながらの洋食屋なんです」

老紳士は自信に満ちた口調で言った。雰囲気は柔らかいが、頑固そうだ。

「私、ずっとこの辺りに住んでいるんですが、洋食屋さんは……知らないです」

雪乃が説明しているうち、老紳士の表情はみるみる曇ってきた。気の毒になり、雪乃は店の名前や詳しい場所の目印を訊ねた。

「名前はわかりません……場所も、妻と歩いていて偶然見つけたので交差点のそばだったという記憶しか」

「それだけですか……」

老紳士が落胆するとともに、雪乃も落胆した。手掛かりが少な過ぎる。

「あの、そのお店にはどのぐらい前にいらっしゃったんですか？」

一縷《いちる》の望みを託して訊ねた雪乃に、老紳士は肩をすくめた。

「すみません、それが……三十年も前の話でして」

「さんじゅう⁉」

雪乃は絶句した。

「もう閉店してしまったのかもしれませんよね……」

心細そうな笑みを浮かべる老紳士を見ていたら、たまらない気持ちになり、気が付くと雪乃は口にしていた。

「まだわかりませんよ！　とにかく、一緒に探してみましょう」

そうして雪乃と、古舘《ふるだて》さんと名乗る老紳士はあるのかどうかもわからない洋食屋を探すことになった。

この街に交差点は数限りなくあった。まずは駅前の大きな交差点。

「さすがにそこは違うとわかります。住宅街に近い、大きめの交差点で――」

古舘さんの証言を頼りに、まず雪乃は周囲の交差点を確認した。それからふと思い当たった。

「そうだ！　お店を検索してみればいいんだ」

スマホを取り出し、エリアを選択すると「洋食屋」のカテゴリーで検索してみる。何軒かヒットした。

「どうですか？　この中に……それらしきお店はありませんか？」

雪乃がスマホを渡すと、古舘さんはじっと画面に顔を近づけ、一軒一軒、時間をかけて確認した。

「この中にはない、と思います……」

申し訳なさそうに古舘さんは答えた。雪乃はそんな気がしていた。この探しものは、そう簡単に見つかりそうにない。雪乃は覚悟を決める。

「じゃあ今度は、歩きながら誰かに聞いてみましょうか？」

提案した雪乃の顔を、古舘さんはまじまじと見つめた。心配そうな表情だ。

「いいんですか……？　これからどこかへお出かけだったのでは」

「ただ散歩に出ただけで、ヒマですから」

雪乃が微笑むと、古舘さんはホッとした顔になる。

歩きながら古舘さんは、今日その洋食屋を探しに来た理由を話し始めた。

「もう半年近く前になりますが、妻が亡くなったんです」

雪乃は驚いて古舘さんを見たが、変わらず古舘さんの表情は穏やかだ。

「長らく寝たきりになり、介護を続けていたのですが自分の誕生日を目前にしてあっさり亡くなってしまって。私はそれから今まで、抜け殻みたいに過ごしていました」

古舘さんの顔には戸惑いと、諦めの二つの色が浮かんでいる。雪乃はどう言葉をかけていいかわからず、次の言葉を待った。

「しかしある日、妻と一緒に食事をした洋食屋を急に思い出したんです。人を訪ねた帰りに偶然見つけたお店で、妻も私も気の進まない用事の後で疲れ切っていたのですが、『美味しいね』と自然に笑顔になれたんですよ」

顔をほころばせた古舘さんに雪乃は見とれてしまった。その笑顔は幸せそうで、ほんの一瞬だが若い頃の古舘さんを垣間《かいま》見たような気がした。

「絶対にまた一緒に行こう、と約束していたんですが……その約束は果たせませんでした。でも突然、私の時間も限られていると気付いたら居てもたってもいられず……衝動的にこの駅を目指してきてしまったんです」

雪乃はゆるやかに頷いた。古舘さんの並々ならぬ決心を感じていた。

「考えてみれば、三十年も前のことです」

古舘さんは言葉を区切り、雪乃に向き直ると寂し気な笑みを浮かべた。

「街が変わっていてもおかしくないし、私の記憶が何かと混ざり合って不確かになっている可能性もありますよね」

古舘さんは街の雑踏の中であまりに小さく見えた。雪乃は古舘さんの想いを聞いて、どうにかして奥さんとの思い出のお店に連れて行ってあげたいと思った。住宅街の中でもそれなりにお店の入れ替わりはある。気に入って通っていても突然閉店してしまうこともある。寂しいが、どうにもならないことだった。

――どこかでひっそりと、お店を続けていてほしい。

祈るような気持ちで雪乃は「もう少し探しましょう」と言った。古舘さんの顔色は明るくなり、雪乃はほっと心の中で安堵《あんど》のため息をついた。

それから雪乃と古舘さんは、いくつもの交差点を隈なく探し回った。古いお店ならば、お年寄りに聞くのが一番だと思ったが、はっきりとした返事をしてくれる人はいなかった。親切なご婦人が話を聞いてくれたが、「昔はそんなお店もあった」と話を締めくくると、憐れむような目を古舘さんに向けた。

雪乃は素早くお礼を言い、古舘さんの手を引いてご婦人のそばを離れた。古舘さんが傷つけられたようで胸が痛んだのだ。

日差しはますます強くなり、外気温はぐんぐん上昇していた。

――こんな状況の中で、長時間古舘さんを歩かせるのは危険だ。

雪乃は日陰を見つけて古舘さんを座らせ、自動販売機で飲み物を買って休憩を取ることにした。自分も喉が渇いていたのだろう。あっという間にスポーツドリンクを飲み干してしまう。古舘さんはゆっくりとジュースを口にしていた。

「あの……」

雪乃は口ごもった。これから先、不確かな情報しかないのに古舘さんを連れまわすのには躊躇《ためら》いがあった。一番いいのは、お互いの連絡先を交換して、雪乃が一人でお店を探し、結果を後日古舘さんにお知らせする――それが最も無難な方法であるように思えた。

続きを口にしかけた雪乃に、古舘さんはふいに立ち上がり、「ありがとうございました」と深々と頭を下げた。

「……もう、大丈夫ですよ」

穏やかで優しい口調に、雪乃は「え」と言葉に詰まる。

「お店は見つかりませんでしたが、偶然あなたのような親切な人に巡り合えて、一生懸命お店を探してもらえた。それだけでもう十分です」

古舘さんは微笑む。雪乃は胸が苦しくなった。古舘さんは「帰りましょう」と先程よりもしっかりと微笑んだ。雪乃はもどかしい思いで口を開きかけた。

諦めないでもう一度探しましょう。後日私が探してお伝えします。今の雪乃の想いを伝えるにはどう言うことが適切なのか。心に浮かんだどの言葉もぴったり当てはまらないような気がして、雪乃は口を閉じかける。

古舘さんはそんな雪乃の様子を穏やかに見つめていたが、突然何かに気付いたのか雪乃の背後に視線が釘付けになった。雪乃は古舘さんの視線を追いかけて、振り向く。その視線の先にはゆるい風にはためいているお店の看板らしき幟《のぼり》があった。

「あれ、何て書いてあります？」

古舘さんが不思議と確信に満ちた声で訊ねた。雪乃は目を細め、文字を捕らえた。赤地に白い文字が染め抜かれている。

「ハ、ヤ、シ、ラ、イ、ス……です」

「……やっぱり」と古舘さんは口角を持ち上げる。雪乃はまた聞き返した。古舘さんは、雪乃の目を真っすぐに見つめると頷いた。

「見つけたかもしれません」

歩き回った末に、偶然見つけたのはこぢんまりとしたビストロだった。「洋食屋さんじゃないのでは」と雪乃は助言したが、古舘さんは「もし違うお店だったとしても、今日のお礼にあなたにご馳走したいんです」と張り切っていた。それに、私が妻と食べた思い出の料理がハヤシライスなんですよ」

嬉しそうな古舘さんに続き、雪乃は店に入る。カウンター越しに、まだまだ若い部類に入る男性店主が「いらっしゃいませ」と気持ちよく挨拶してくれた。雪乃は内心、こんなに若いオーナーがやっているお店では見込みはないなと思っていた。しかし古舘さんが満足して、思い出に区切りをつけることができるのならと雪乃は見守る気持ちでいた。古舘さんはハヤシライスを、雪乃はオムライスをオーダーすると、厨房の中は賑やかになった。古舘さんは店内を見回し、雪乃はまたかけるべき言葉に迷い、黙っていた。

しばらくして、デミグラスソースのいい香りが店内中に立ち込め、古舘さんの目の前にハヤシライスが運ばれてきた。たっぷりと時間をかけて煮込まれたことがわかる濃厚なソースに雪乃も思わず身を乗り出す。

「わあ、美味しそう……！」

古舘さんはいたずらっぽく笑い、ハヤシライスを一口食べた。そして何度か頷くと、しんみりした口調で言った。

「やっぱりそうでした……私がもう一度食べたいと思っていた味です」

雪乃は自分のオムライスにスプーンを入れるのも忘れ、若い店主を振り向く。

古舘さんも店主を見つめ、凛《りん》とした声で続けた。

「……これは、どなたかから受け継いだメニューではありませんか？　私はずいぶん前にこれと同じ味のハヤシライスを食べたことがあるんです」

店主は驚き、作業の手を止める。雪乃は心の中で小さく声を上げた。

「はい。これは祖父から受け継いだメニューです。うちは昔から小さい洋食屋をやってまして、祖父、父と受け継いだのですが区画整理があって店を移転しました。父から店を譲り受けたタイミングで、新しいことをやりたかったこともあって僕は洋食屋をビストロにしたんです」

「そうでしたか、おじいさんの……」と納得した顔で古舘さんは頷いた。

そして、食事をする間にかつておじいさんの営む洋食屋を訪れたこと、亡き妻との思い出の味をもう一度食べたくて探しに来たことを語った。

「……ちっとも変わりません」

古舘さんがつぶやくと、店主は弾かれたように顔を上げた。

「歩き疲れて偶然入ったお店で私はハヤシライスを、妻はグラタンを食べました。本当に美味しかった。美味しくて涙が出て、また頑張って生きていこうねって……帰りは笑い合うことができた。あの時の味は思い出の中のもので、私が美化しているのかもしれない。実際にもう一度食べたら夢が壊れてしまうかもしれないと怖い気持ちもありました。でも、心配は杞憂《きゆう》でした。あなたの作るハヤシライスは、本当に美味しいです」

古舘さんの言葉が重なっていくにつれて、店主の肩が小刻みに震えているのがわかった。彼は涙をこらえていたのだ。

「……わざわざ、このハヤシライスを食べるためだけに、探しに来てくれたんですか」

古舘さんは誇らしげに「ええ」と頷く。

「こちらの親切なお嬢さんが手伝ってくださったおかげです」

雪乃は恥ずかしくなり、小さく頭を下げる。オムライスも、ふわふわの卵の焼き加減、中のケチャップライスの味付けも絶妙だった。

「祖父と父は腕がよくて人気店ではありましたが、僕は昔ながらの洋食屋は古い、もっと若い人に受けるような店にしたいと思ったんです。ビストロに変えたのもそのためです。でも、現実は甘くはなくて……あまり店は繁盛しませんでした。何度も店を畳むことも考えました」

店主はそこで言葉を継ぎ、俯《うつむ》けていた顔を上げた。先ほどまでの泣き出しそうな顔ではない。強い意志を感じさせる目をしていた。

「今日、お二人が来てくださって本当に嬉しかったです。何年経っても味を覚えていてもらえる。これほど料理人冥利《みょうり》に尽きることはないと思います。正直、じいちゃんが羨《うらや》ましいし、僕はまだまだだなって」

古舘さんは目を細めた。そしてこの上なく優しい目で手元のハヤシライスを見つめる。

「三十年ですよ。そんなにも長い間、あなたのおじいさんの味は私と妻を励まし続けてくれた。あなたもきっと、誰かの記憶に残る味を作ることができるはずです」

古舘さんの言葉に、雪乃も思わず加勢してしまった。

「そうですよ‼　このオムライスも、すっごく美味しいですもん！」

古舘さんが笑い、店主は恥ずかしそうに微笑んだ。照れながらも、嬉しそうな笑顔だった。

「僕はまだまだです。でも、やりたいことがはっきり見えました。お客さんであるお二人にこんなことを言うのは変ですけど、もっともっと頑張ります」

古舘さんは静かに微笑み、頷いた。雪乃も食事を終え、何度も店主にお礼を言われながら店を出て、何とも言えぬ温かい気持ちで最初に出会った交差点の前まで来た。「ここをまっすぐ歩くと駅です」雪乃は名残惜しい気持ちで交差点の向こう側を指さした。

「また、会えるといいですね」

雪乃は別れの挨拶をしながら心の中でつぶやいていた。私も再び会えることを信じて受験を頑張ろう。合格してまたあのお店に行こう——。

「ええ。また、いつか」

古舘さんはふわりと微笑むと、あっという間に交差点の人波に紛れてしまった。

雪乃は古舘さんが見えなくなるまで交差点の向こう側を見つめていたが、小さく頭を下げると、弾んだ足取りで帰り道を急いだ。

楽園リミット

天ヶ森雀

物心が付いた頃から、家にはいつも犬がいた。少なくて二、三頭。多いと五、六頭まで増える。

犬を連れてくるのは父だ。家族は父しかいなかった。母は私を産んですぐ亡くなったらしい。

「ほら、新入りだ」

そう言って私に連れてきた子を見せる。犬は大抵警戒しているが、餌をやっていればいずれ慣れた。色んな犬がいた。大きいの、小さいの、モシャモシャの、ツンツンの。未就学児に犬種の知識はない。ヨークシャーテリア、柴犬、ペキニーズ、プードル、そして一番多かった雑種。少しずつ父に教わった。

「名前はお前が付けな」

そう言われて、私は小さな頭を捻《ひね》って名前を考える。

小さいから「チビ」。白いから「シロ」。茶色いのは「チャー」。当時の私には語彙《ごい》もなかった。が、父は全く気にしなかった。

小学校に上がる頃には私一人で散歩にも連れて行くようになった。もっとも小型犬や大人しい子が主で、大きいのや気性が荒いのは父が行っていたが。

河川敷から土手を越えて広い茂みの中に建っていた我が家は、住宅地から離れた場所にあった。家を出て大きな川沿いに細い道を行くと、やがて広い幹線道路と交差する。散歩はそこまでだ。「交差点の先は行くな」と父に厳命されていた。信号のない大通りは車が飛ばすので、危険だと思ったのだろう。

色んな子がいた。とにかくリードを引っ張って走りたい子や、逆に年寄りでよぼよぼとしか歩けない子。

父は一通り犬の世話が終わると「仕事だから」と言って自室に籠もってしまう。机の上にはパソコンがあり、父はモニターに向かってなにやらカタカタ打っていたが、こっそり覗こうとすると怒られた。父の部屋に入ったらいけないし、父の物に触ってもいけない。結局犬たちだけが私の遊び相手だったのだ。

しかし連れてこられた犬たちが、我が家に長くいることは無かった。

痩せ細った子に充分餌をやり、太り過ぎの子は運動させ、風呂で洗ってブラッシングし、綺麗になると父がどこかに連れて行ってしまう。私が不満を漏らすと、父は「仕方ない。それが仕事だからな」と呟いた。

保育園も幼稚園も行っていなかった私にとって、世界は父と犬たちだけで構成されていて、寡黙な父は絶対君主だった。逆らうことは許されない。

しかたがない。これはしごとだから。口の中で繰り返す。

それでも一頭とても仲良くなった子がいた。丸い目の黒い柴犬。まだ若いのに、落ち着いて頭のいい子だった。少し語彙が増えていた私は、この子に「太郎」と名付けて可愛がる。他の子が見ていないところでそっと。

「太郎だけはずっと家で飼えない？」

父にそうねだってみたが、父は首を縦に振らなかった。結局私が学校に行っている間に太郎はいなくなった。その日、私は犬がいなくなったことに初めて泣き、夕飯の時も布団から出なかった。ただただ悲しくて寂しかった。

それでも世話をしなければいけない犬は他にもいたし、太郎のあとに連れられてきた子もいたので、私のボイコットは一晩であえなく終了したのだった。

「みきちゃんの家、おかしくない？」

初めてそう言われたのは小学校に入学して間もなくの頃だろうか。クラスメートの邪気のない物言いに、私はぽかんとして言葉を返せなかった。

なんで？　どこが？

確か、家にテレビがないと言ったことが発端だったと思う。母親がいないと言ったら更にびっくりされた。

「お母さん、死んじゃったの？」

「う、うん。たぶん……」

声が尻すぼみになる。父から詳しく聞いたことはなかった。

「だからかぁ……」

意味ありげに彼女達が視線を交わす。私もその意味にうっすら気付いていた。私は異端だった。犬を洗う必要上、お風呂には毎日入っていたが、洗った髪をドライヤーで乾かす習慣がなかった。寧《むし》ろ犬たちを乾かすのに忙しかったのだ。おまけに用意されていた服も長く着られるようにと大きめなサイズが多く、父が無頓着だったのもあって、いわゆる女の子らしい服ではない。シンプルなTシャツやトレーナーは飛びかかる犬たちによってどこかくたびれている。

「だいたいみきちゃんのお父さんてなんのお仕事をしてるの？」

この質問にも答えようがない。大抵家にいて、いつの間にか犬を連れてきて、その犬たちもいつの間にかいなくなる。「どこに連れて行ったの？」と聞くと「売った」と父は言葉少なに答えた。

「じゃあブリーダーみたいな感じ？」

少し知識のある子がそう聞いてくる。毛並のいい子犬を産ませて売るらしい。

「……そんな感じ、かな」

聞かれても自信がない。連れてくるのは綺麗でない犬が多いし、子犬を産ませることもない。けれどそうしておいた方がいいような気がして、私は頷いた。

ブリーダー。うん、良く分からないけどかっこいい気がする。

そんなわけで私のクラスでの位置づけは「ブリーダーの娘」になった。けれどそれでもやはり浮いたままだった。彼らは自分たちとどこか違う私を、距離をおいて眺めていたし、私もその距離を縮めようとは思わなかったのだ。

家から犬の数が減り始めたのは五年生の頃だ。父は犬を連れてこなくなった。

「もう犬は連れてこないの？」

最後の一頭が連れて行かれた後、父にそう聞くと「ああ」とあっさり言った。

「じゃあどうやって稼ぐの？」

端的に私は聞いた。綺麗にした犬を売ってそれで私たちが食べているのなら、売れなくなったらどうしたらいいのか。自分の将来が突然不安になった。

「子供が要らんことを心配せんでもいい」

父は不機嫌そうにそう言うと、自室に引きこもってしまう。父はたくさんあったケージやリードを処分し始めた。家の中ががらんと広くなる。その広さに私は怯《おび》えた。終止符が打たれたのは六年生に上がる少し前だった。

父が亡くなったのだ。


その後、私を引き取ってくれたのはゆきさんという一人暮らしの老女だった。

「里親っていうの。本当の親子ではないけれど……、仲良く暮らしましょう」

とりあえず食べていけることにホッとする。それより有難かったのは、ゆきさんの足元で私を窺っている三頭の小型犬がいたことだ。彼らはやがて好奇心全開で私にまとわりついてきた。

「お父さんが言ってた通り、みきちゃんは犬に好かれるのねえ」

それを聞いた途端、数粒の涙が零れた。父は私にそんなこと一言も言わなかった。だから、いつか私のことも犬たちのように手放してしまうのではないかと一抹の不安を抱えていた。そうして結局なにも言わないまま私を置いて逝ってしまった。そう思うと悲しくて悔しくて情けなくて仕方がなかった。

私が泣くと三頭が寄ってきて、涙を舐《な》め始める。犬は塩分が好きなのだ。やめてくすぐったい。いいから泣かせてよ。

けれど三頭に寄ってたかって顔を舐められ、泣き続けるのが困難になった私は必死で父を脳裏から追い出した。忘れるのだ。この子達だって自分の意思と関係なく、置かれた環境に順応しているのだ。自分だってそうするしかない。


ゆきさんはいい人だった。結婚はしたことはないのだという。

「教師をしていたの。だから子供がいなくて寂しいとは思わなかったのよね」

そう言ってころころ笑うと、ふっくらした頬にえくぼが出来る。ゆきさんは色んなことを教えてくれた。勉強はもちろん身だしなみの整え方、家事や行儀作法、彼女が世間で得てきた知識や知恵を、惜しみなく与えてくれた。

お返しにできることと言えば家事手伝いと犬の世話くらいだったが、それもとても喜んでくれた。日々の暮らしにテレビやドライヤーが生まれ、『普通』の友人が出来はじめ、父との生活は徐々に記憶の底に沈んでいった。


「中澤《なかざわ》さん？　君、中澤史緒《しお》さんの娘さんだろう？」

不意に呼び留められたのは大学生の頃だ。私と同じ歳くらいの青年が、なぜか息を弾ませて話しかけてきた。余りに久しぶりに父の名前を聞いたので、それが誰のことか一瞬分からなかった。

「どなたですか？」

若干警戒気味に体を引いて聞き返す。

「あ、ごめん！　俺は酒井裕太《さかいゆうた》と言います。ずっと君を捜してて。えーっと……『太郎』って柴犬のこと覚えてないかな？　黒くて耳の後ろが白い……」

酒井はそう言って胸ポケットから携帯電話を取り出した。画像フォルダの写真に幼い彼と柴犬が何枚も写っている。数秒かけて記憶が蘇《よみがえ》り、驚きの声が出た。

「あ」

「よかった。思い出してくれたんだね」

酒井はそう言って、真っ白な歯を見せてくしゃっと笑った。

「じゃあ……この子を買った人？」

そう訊ねると酒井は妙な顔になった。

「買ったんじゃないよ？　っていうか、どこからそういう発想？」

怪訝そうな顔をされて、混乱する。だってそれが父の仕事だって。

「えーと、ちゃんと説明しようか。時間あるかな？」

この人は私が知らない父の『仕事』を知っている。どうして？　仕事って本当は何？

湧き上がる不安を抑えつけながら、私はこくんと頷いた。

「えーとね、史緒さんてその筋では結構パイオニア的な人で」

喫茶店で、注文したコーヒーで口を湿らせると、酒井はゆっくり話し出した。

「迷子になったり捨てられたりして保健所に行っちゃう犬がいるだろう？　そういう犬たちを、一時的に引き取って飼い主を探してたんだ。今から二十年くらい前かな。一般にパソコンが普及しだして、通信手段として使われるようになってから、ネットを駆使して捨て犬と飼い主を繋ぐ手伝いをしてた」

「え？　じゃあ売ってたわけじゃなかったの？」

「善意の寄付は受け付けてたけど、ペットショップみたいに売買はしてないと思うよ。うちの親も太郎を引き取る時、必要経費しか受け取らなかったって言ってたし。あ、でもアフィリエイトで稼いでるって言ってた」

なにそれ。目が丸くなるのが自分で分かる。驚きの余り声が出なかった。

「俺、そういう仕事をしている史緒さんに憧れて、ずっとブログとか読んでてさ。大人になったらきっと会いに行こうって決めてたんだ」

酒井は更に鞄から、プリントアウトされた父のブログの紙束を取り出す。

「○月×日。マルチーズ、雄。推定三歳。甘えん坊」

覚えてる。毛が絡まりまくっていて、すぐ私の布団に潜ってくる子だった。

「×月▽日。レトリバー系ミックス。推定五歳。警戒心が強いが頭がいい」

虐められていたらしく耳に火傷痕《やけど》があり、父が一ヶ月以上かかって慣らしていた子だ。私は次々と紙束を捲る。写真に添えられた短い文章。でも全員覚えてる。この子はコロ。こっちのシェルティは桜。シベリアンハスキーのハナ。

『決して無理強いはしないこと』『諦めず粘り強く』『散歩はリードをしっかり持って目を離しちゃいけない』同時に記憶が蘇る。父は何度もそう繰り返した。

最後の一枚だけ、写真が無かった。

「最後の犬を引き渡しました。この仕事を始めた時は上手くいかず苛立《いらだ》つことも多々ありましたが、娘が手伝ってくれるようになってからは想像もしなかった幸福な日々を得ました。心より彼女に感謝します。ありがとう、未来《みき》」

涙腺が一気に崩壊した。ブログの中に初めて登場した私の名前を見て、一気にこみ上げてきた感情が爆発したのだ。なにこれ。なにこれ。けれど聞いたことのない言葉は、父の声を鮮明に蘇らせていく。お父さん！　お父さん……！

突然泣き出した私を、酒井は驚いた様子でしばらく見ていた。けれど三十分後、ようやく泣き止み始めた私にこう言った。

「本当はね、貰った犬の名前は飼い主が自由に決めるのがセオリーなんだけど、太郎の時だけは史緒さん、できれば『太郎』のままにしてくれないかってそう言ってさ。娘が特に手塩にかけた子だからって。俺、ブログで君のこと知ってたから、それならいいよって言ったんだ。……雌だったけどね」

にやりと笑う酒井に、またこみ上げてくる熱い塊を必死で飲み下そうとする。

「太郎、去年老衰で死んじゃったんだけどね、あいつの孫がいるんだ。良かったら、今度見に来る？」

父の助けた命が今も繋がっている。それが嬉しくて私はぶんぶん頷いた。

「にしても……かなり刹那《せつな》的というか、エキセントリックな人だったんだね。そのママの方のおじいちゃん？」

夫との馴れ初め話をせがんできた娘にそう評されて、苦笑が浮かぶ。

「そうねえ。それに当時は余りメジャーじゃなかったけど、ちょっと先天的なコミュニケーション障害もあったみたいで……集団生活とかできない人だったらしいのね」

これを教えてくれたのは、夫の裕太より事情に詳しいゆきさんだった。彼女は実は父の恩師でもあったらしい。

『史緒くんはね、ご両親とうまく信頼関係を築けなかったの。彼は共感力の欠如を突出した記憶力でなんとか補っていた。けれど彼のご両親が求めていたのは一般的な優秀さだった。だから……住む場所と生活費を提供して貰う形で縁を切ったの。かなり……資産はある方達だったから』

ゆきさんは寂しげな笑みを浮かべて教えてくれた。そして父は病気が高じて死期を悟ると、ずっと相談相手になってくれていたゆきさんに私を託す。

「ゆきばあはどうしてママにずっと本当の事を教えてくれなかったの？」

「余計な物を背負わせたくないから黙っててくれ、父にそう言われたらしいわ」

自分が選択した活動を美談として娘に受け継がせたくなかった。その思いが、手放した犬を「売った」発言に繫がったらしい。そこには彼なりの理屈と正義があったのだろう。

父が行ってはならないと禁じた交差点の向こうに、在るのが保健所だと知ったのはつい最近だ。今では夫と私が、そこから引き取った犬の一時里親になって、飼い主との架け橋となるＮＰＯの一員をしている。

庭先では預かった子達が太郎のひ孫と一緒に散歩に行こうと尻尾を振ってせがみ、娘はやれやれと呟いて玄関にかけてあるリードを取りに行った。

親指の迷信

鳴海澪

交差点を渡ろうとしたとき、目の前の葬儀場から霊柩車《れいきゅうしゃ》が出てきたのを見て楓《かえで》は慌てて両手の親指を掌《てのひら》に握り込んだ。

この街で一番大きな手芸用品店に行くには、どうしてもこの交差点を通らなければならないが、場所柄霊柩車を見ることが多い。

――霊柩車を見たら親指を隠すんだよ。じゃないと大切な人を連れて行かれてしまうからね。

幼稚園の頃、祖母にそう言われて以来、楓はずっとそれを守っている。祖母の言うことを守るのは当然だった子ども時代を経て、高校生になった今ではもう習慣になっていた。

「迷信なのはわかってるけど、気になっちゃうよね。お祖父ちゃんも心臓を手術したばっかりだし、万が一のことがあったら大変だよ」

呟いた楓は親指を隠したまま、夏の日差しに黒光りする霊柩車をやり過ごした。

＊＊＊

白いふんわりした生地に手の甲を滑らせて、楓はため息をついた。

「こういうのでAラインのウエディングドレスを作ると素敵じゃない？」

「私はシャンティな生地で、身体のラインが出たほうがお洒落《しゃれ》っぽいと思うな」

専門学校の友人たちと一緒に訪れた手芸用品店で、生地を前におしゃべりが弾む。

手先が器用で、高校時代には型紙を自分で起こして洋服を作るようになっていた楓は、卒業後の進路に何の迷いもなく東京の洋裁専門学校を選んだ。

入学して半年、ドレスを縫うなどまだまだ夢だけれど、いつかは作りたい。

「俺は自分用のタキシードを作ろうかな。楓ならそのときは彼氏のも作る？」

東京でも高級住宅地に生まれ育ったという同級生の吉川《よしかわ》は楓の密かな憧れだ。

楓の知らない匂いとスタイルを身につけている。

「うん。そうだね。テイストを合わせたいから、作れたらいいかな」

そう言った楓は、ウエディングドレスを着たがった祖母のことを考える。

実家の敷地内にある家に住む祖父母には、共働きの両親に代わってよく面倒を見てもらった。風邪のときに祖母が作ってくれる、野菜と鶏肉入りのすいとんが好きで、大人になった今でも疲れたときはあの味を思い出す。

今の平々凡々とした祖父母の姿からは想像も出来ないが、若い頃二人は大恋愛をしたらしい。親の勧める結婚を蹴った祖母と祖父は、結婚式を挙げることもなく、駆け落ち同然に一緒になったと聞いている。

「楓が洋裁の学校へ行くなら、いつかウエディングドレスを縫ってもらいたいわ。お祖父ちゃんも花婿さんの服を作ってもらって、結婚式をしたいわねえ」

楓の進学先を知ってはしゃぐ祖母を、祖父が「いい歳をして」と笑っていたが、まんざらでもなさそうだった。

もし自分がウエディングドレスを作るとしたら、最初は祖母のものなのかもしれないと思いながら楓は真っ白な生地をもう一度そーっと撫でる。

「俺、お腹がすいたな。なんか食べに行かない？」

吉川が切り出すと、みんなが「私も」「俺も」と同意する。彼には意識せずに人を従わせるところがあり、空腹を覚えていない楓も「そうだね」と言った。

店を出たところの大きな交差点で信号待ちをしていると、霊柩車が見えた。

「うぉ、珍しいな」

「霊柩車なんて芸能人のニュースでしか見ないよね」

友人たちが物珍しそうに見る傍らで、楓はぱっと両手の親指を掌に隠した。

上京してからは霊柩車を見ることがなくなり忘れていた習慣だったが、身体にしみついた癖は抜けていなかった。

「何にしてんの？　楓？」

「ほんとだ。指でも痛いの？　運針のしすぎとか」

冗談交じりとはいえ、奇妙なものを見る目つきで友人たちが親指を隠した楓の手に視線を注ぐ。

その目が気になるが、霊柩車が完全に見えなくなってから楓は掌を解いた。

「私のお祖母ちゃんがね。霊柩車を見たときは親指を隠すって教えてくれたの。じゃないと大切な人が連れて行かれちゃうよって」

楓にすれば当たり前のことで、さほどおかしいとも思わずに言ったが、友人たちが目を丸くした。

「そんなの知らないけど。お祖母ちゃんっていつの時代の人？　江戸とか？」

「俺も聞いたことない。自転車乗ってるときに霊柩車見てさ、慌てて親指隠してそんで事故ったら、逆に自分が連れて行かれるって感じ？　マジ受ける」

笑いと一緒に言われた冗談にしてはきつい言葉に楓は戸惑う。自分の言ったことはそんなに嘲笑されるようなことなのか。誰だって一つや二つ、特別な根拠がなくても、お守りみたいに大事にしている事や物があるだろうに。

助けを求めるように楓は吉川を見た。彼が取りなしてくれれば皆が納得してくれるはずだ。

だが吉川は呆れたような顔を向けてきた。

「楓のとこってすごい田舎だな。そんな迷信があるなんていつの時代を生きてるんだよって感じ。センスとか大丈夫？　授業について行ける？」

それがだめ押しになったように、友人たちが馬鹿笑いを始める。

センスもないようなすごい田舎——楓の頭の中に、整備された美しい街並みと緑豊かな風景が浮かぶ。自分の生まれ育った街は、こんなふうに大きな交差点はないけれど、古くさくなんかない。祖母は大恋愛が出来るぐらい情熱的で、ウエディングドレスを着たがるようなかわいい人で、楓の自慢だ。

けれど楓は友人たちの悪ノリについていくしか思いつかない。

「えー、そうかなあ？　古いかなあ？　でもホラーっぽくて面白いでしょ？」

「ああ、確かにそうだな。怪談サイトに投稿してみたら、楓」

そう言った吉川を先頭にぞろぞろと、信号が変わった交差点を渡る。

楽しげな友人たちは誰も楓の気持など知らない。それほどの悪気もなく、ジョークのつもりで言っただけだろう。でももう二度とこの話は誰にもしない。一番後ろを歩く楓は、親指を何度も握り直しながらそう決めた。

＊＊＊

必要なもののメモを手に、楓は交差点の向こうにある手芸用品店へ向かう。学校を卒業して早三ヶ月。地元の老舗の仕立屋に就職を決めて、当初の希望どおりUターンをすることが出来た楓は日々の仕事に追われている。

それでも休みともなれば、趣味としての裁縫をしたくなる。今日は人形のウエディングドレスを作ろうと思いたった。ドレスの布地は、卒業の記念にバイト代を注ぎ込んで買った真っ白いシルクを少しだけ使うつもりだ。

仕事と趣味が切り離せない自分が少しおかしいが、いつか本物を作るときのための予行演習みたいなものだと、楓は自分で納得する。

子どもの頃よりは小さく感じる葬儀場を、見るともなく見ながら交差点で信号を待っていると、霊柩車が見えた。

「あ……」

霊柩車を見るのは久しぶりだったが、頭より身体が先に反応する。反射的に親指を掌に握り込もうとした瞬間、ふいに専門学校時代のことが蘇《よみがえ》る。

──そんな迷信があるなんていつの時代を生きてるんだよって感じ。

周囲で巻き起こった笑い。吉川への憧憬《しょうけい》を消し、楓の心にしこりを残した無邪気で残酷な笑い。

あのときの悲しい悔しさが身体中を駆け巡り、楓はゆっくりと掌を開いた。

自分はもう大人で、社会人だ。迷信に囚《とら》われるのはやめよう。

親指を隠さないまま、霊柩車が行き過ぎるのを待った楓は深い息を吐く。

初夏の日差しの下、剝《む》き出しにした親指が何故か冷たい。

胃のあたりが重く、飲み込めない塊が喉のあたりを行き来するのをこらえて、楓は歩き出す。大丈夫、大丈夫、何もない――と足の動きに合わせて楓は頭の中で拍子を刻んだ。

胸に残った不快な気持がようやく消えた数日後、祖父が急逝した。

いつも交差点の向こうから見ていた葬儀場で、祖父の葬儀が営まれる。

「心臓の手術もしていたし、いつこうなってもおかしくなかったんですよ」

祖母が焼香に来た人に気丈に挨拶をする傍らで、楓はただ涙を流していた。

祖父が逝ってしまったのは自分のせいだ。親指をきちんと隠さなかったから連れて行かれてしまった。祖母が誰より大切にしていた人を、自分がつまらないことをしたばかりに、失ってしまった。楓は後悔で押し潰されそうだった。

生気を失い、休日になれば針を手にすることもなくぼんやりとしている楓を見かねた母が声をかける。

「楓、お父さんがジャケットのボタンを落としちゃったの。いつもの手芸店に探しに行くんだけど、一緒に行こうよ」

明るく声をかけてくれる母に申し訳ないと思いながらも、楓は「今は疲れてるから、ごめん」と首を横に振った。

手芸用品店へ行くにはあの交差点を渡らなければならない。今の楓には到底出来ないことだった。

心配そうな母が出かけると、入れ替わりに鍋を抱えた祖母が入ってきた。

「急にごめんね。お母さんが、楓が家にいるって教えてくれて」

そう言いながらカウンターキッチンの中へ入った祖母は鍋を火にかけた。

「楓、最近調子が悪そうだから、これを作ってきたんだよ。食べてごらん」

テーブルに座るように楓を促し、湯気の立つ小丼と散り蓮華《れんげ》を並べる。

「……すいとん……だ」

鶏肉にとりどりの野菜、そして小麦粉団子。人参はいつもの花形だった。

「お祖父ちゃんのことで迷惑かけたからね。疲れたんだろう。少し暑い日でも、身体が弱っているときは温かいものがいいんだよ」

子どものときと同じように楓を気遣う柔らかい声に、楓はこみ上げてくる悲しみと後悔を抑えきれなかった。

「お……お祖母ちゃん……私……」

溢れ出した涙に声が出ない楓は顔を覆う。一度堰《せき》を切った涙は止まらずに、楓はしゃくり上げる。

隣に座った祖母が、何も聞かずにただ楓の背中を静かに撫でた。

「私……親指を……隠さなかった……霊柩車が通ったのに。だからお祖父ちゃんが……連れて行かれたの……ごめんなさい……私のせいで……」

温かい手を背中に感じながら楓は言葉を絞り出す。

「……お祖母ちゃん、ごめんなさい……本当にごめんなさい」

返事を待たずに思い切って顔をあげると、見つめている祖母と目が合った。

その目には怒りなど少しもなく、ただ優しさが溢れている。

「親指を隠すってこと、楓はちゃんと覚えていてくれたんだね」

「……うん……ずっと……東京では誰も知らなかったけど……」

友人たちにからかわれたことは打ち明けられず、ただそう言った。

「霊柩車を見たら親指を隠すって誰が言い出したんだろうね。お祖母ちゃんもやっぱりお祖母ちゃんから言われたからそうしていたんだけど、迷信ってもんだろうね……」

祖母は静かな口調で続ける。

「もちろん迷信にも理由はあると思うよ。生きている親や周囲の人を大事にしなさいとか、亡くなった方を悼みなさいとか、そういう意味だったんじゃないかしらねぇ……でも、それが楓につらい思いをさせたなら本当に悪かったね」

「あのとき、私がお祖父ちゃんのことを心配しなかったから――」

「そんなふうに考えちゃ駄目だよ」

諭すような口調で祖母は言う。

「お祖父ちゃんは血圧も高くて、何度注意してもお酒をやめられなかった。楓のせいだって言うなら、一緒に暮らしていたお祖母ちゃんのほうがもっと責任があることになるけど、私はそう思いたくない。頑張って大事にしたからね。後悔はないよ。人には寿命ってものがあるんだ、楓。寂しいけれど、仕方がない。だけど私が先に逝くよりずっと良かったんだって思ってるんだよ。一緒に逝けないなら独りにするわけにはいかないからね——ほら、せっかく作ったんだから、少しでも食べなさい」

それで話は終わったというように祖母は明るく笑った。

＊＊＊

卒業記念の真っ白い生地で、楓は毎晩ひたすらウエディングドレスを縫った。

寝食を忘れて取り組んだ三ヶ月後、お姫さまのようにふんわりと広がるスカートに、肘までの膨らんだ袖という少女の夢がそのまま形になったようなドレスが出来あがった。そのドレスを抱えて、楓は隣の祖母の家へ向かう。

声をかけてから家に入ると、祖母は祖父の骨壺を前にお茶を飲んでいた。

四十九日が過ぎても祖母は「私が死ぬまでは独りにしないの」と、祖父の遺骨を墓に移さず、以前と変わらずに何かを語り合っている風に見えた。

「なんなの、その服？　コスプレとか言うお祭りでもあるの？」

「ウエディングドレスだよ。やっと出来たの、ちょっと立ってみて！」

手をとって祖母を立ち上がらせ、出来あがったドレスを祖母の身体に当てる。

「これ？　お祖母ちゃんのかい？」

驚いたのか声を震わせる祖母に楓は頷く。

「うん、作ってほしいって前に言ってたでしょう。遅くなったけど……それからこれはお祖父ちゃんに。ちょっと見てよ。どうかな？」

祖母にドレスを預けた楓は、骨壺にふわりとカバーを被《かぶ》せた。

「……それはもしかしてタキシード……なの？」

上部に蝶ネクタイのアップリケと、白とグレーの生地を組み合わせて、襟に見えるようにV字の形にしてある。ドレスと同じぐらい丁寧に作ったカバーだ。

「わかってもらって良かった。これで結婚式をしようよ。駄目かな？」

今さら——と言われそうな気がして楓がおそるおそる尋ねると、祖母が泣くのをこらえるような顔で笑う。

「……ありがとうね、楓。すごく嬉しい……でも、お祖母ちゃん……せっかくだからやっぱりベールも被りたいのよ。どうせならお祖父ちゃんに一番きれいな姿を見せたいものね」

その祖母の声は独りになった自分自身と、そして楓を励ますように聞こえた。

「うん、わかった。まかせて。明日生地を買いに、いつもの手芸店に行くわ」

あの交差点を渡って——と、楓は答えた。

幕の向こうに綺羅星はある

猫屋ちゃき

物心ついたときから、熱血とかキラキラしたものに無縁の人生だったなと、大学構内の図書館を出る途中でふと思った。

今だって、来週提出のレポートを無難にこなすために調べものをしていただけだ。他の学生たちは近くのカフェや食堂で集まって意見交換したりディスカッションしたりすると言っていた。だが、俺はどうにもそういうのが面倒で仕方がなくて、課題はひとりでやることを選んでしまう。人が嫌いだとか群れるのが苦痛だとか、そういったわけではないのに。

ただ、あんなふうに熱くなったり、他人との関わりの中で何かを見つけたりということは、自分にはできそうにないとずっと感じていた。

そんな俺も、大学に入るまでは人並みに夢とか希望みたいなものはあったように思う。何となくではあるが、大学に入れば集団の中での自分の身の置きどころも、熱量をもってやりたいと思えることも、きっと見つかるに違いないと思っていたのだ。だから、受験勉強を頑張った。そして大学に入学してからは複数のサークルや研究会に所属してみた。しかし、どれも長くは続かなかった。

どこの集まりも何か目的のために集まっているわけではなく、集まるために集まっているという感じがして、どうにも馴染《なじ》めなかった。そういう人たちを批判しようとは思わないものの、俺はどうしても自分には合わないと思ったのだ。

そして、いつかどこかで何か熱くなれるものを——と望んだ気持ちもくすぶったまま、退屈な毎日を過ごすことになってしまった。

そんなふうに過ごして、気がつくともう大学二年の秋だ。来年からはゼミに所属して卒論の準備を始めなければならないし、就活の話も本格的に出てくるようになる。そんなことを考えると、いろいろなことに神経質になってしまう。

「よろしくお願いしまーす。来月公演です。よろしくお願いしまーす」

キャンパスを出て、バイト先のある繁華街を歩いていると、交差点を渡りきったところからそんな声が聞こえてきた。声のほうを見ると、小柄な若者が何かチラシを配っていた。よく見るとそいつは、同じ大学のやつだった。関わるのも面倒くさいと避けて通ろうとしたら、向こうから気がついて突撃してきた。

「あ、島本《しまもと》じゃん！　これ、もらってよ！『は？　誰？』みたいな顔すんなって。小森《こもり》だよ。パンキョーと第二外国語で一緒だったろ」

顔と名前くらいなら知っているが、別に友達じゃない。この小森という男は、誰にでもこんな感じだ。

人当たりがよくフットワークが軽いため顔が広いが、そのくせ群れない。いつも講義が終わると急いでどこかに走っていく。俺とは共通点があるようで、実際は正反対のやつだ。

「島本、退屈そうだね。俺が出る舞台、見に来てよ！　絶対に楽しい時間にする！」

小森はチラシを押し付けながら言う。演劇をやっているらしいと噂で聞いたことがあったが、どうやら本当のようだ。チラシの出演者の欄にはわりと大きな文字で「小森翔《しょう》」と書かれていた。

「……考えとく」

俺はそう言ってから、チラシを受け取った。

正直言って、内心では馬鹿にしていた。どうせ大学生のお遊びだ、"真剣に何かやってる自分が好き"というやつらの"真剣ごっこ"だ、と。

だが同時に、どんなものなのか見てやりたいという気にもなって、二週間後のその公演日に、俺はバイトの休みをもらって小さな劇場まで足を運んだ。

開場時間に到着したのに驚いたことに、客席は埋まっていた。開演時間の直前には、ちらほらと立ち見の客まで現れた。その時点で、「つまらなかったら帰ってやる」という俺の中の意地悪な気持ちは、薄れてしまっていた。

演劇なんて、小学生の頃に行事で見せられたとき以来だと居心地の悪さを感じていたが、それも開演を知らせるブザーが鳴るまでだった。

ブザーが鳴って幕が上がると、たちまち引き込まれてしまった。

舞台上では役者たちが生き生きと演技をしていた。いや、そこで生きていた。

その劇は、余命幾ばくもない老人と彼の魂を迎えに来た死神のやりとりが主軸の物語だ。老人はかつて盗みを繰り返していた大泥棒なのだが、自分の人生を振り返り、死神にいくつもの後悔を口にする。死神はその後悔を晴らしてやるようなことはないが、それが少しでも薄れるような言葉をかけてやる。

小森が演じたのはその老人宅に押し入ったコソ泥で、老人の「自分は魔法使いだ」という言葉を信じ込み、願いを叶えてもらうために彼にうまいこと使い走りをさせられる役どころだ。

小森演じるコソ泥は、老人の嘘に騙され、彼のために働き、彼の言葉に笑って怒って、最後は彼のために泣くのだ。コソ泥という役どころながら、小森が演じる彼は観客の心を摑んで離さなかった。小森が舞台上をコミカルに駆け回ると笑いが起こり、彼が怒ると息を吞んだ。

「どうして言ってくれなかったんだ！　言ってくれたら、俺があんたを幸せにできたのに！」

そう言って最後に師と仰いだ老人が亡くなる場面で声を上げて泣いたとき、客席からも思わずといったふうにすすり泣きが聞こえてきた。

物語の筋書きがわかりやすくて面白いのも当然あったが、役者たちの生き生きとした演技によって舞台にはテレビドラマや映画を見るのとは違う魅力があるのだと、俺は理解した。

そして何より、俺自身も他の観客たちと同じように、舞台を駆け回る小森に夢中になっていた。

どうせ学生のお遊びだろう――そんなふうに小馬鹿にしていたのに、彼の実力と魅力をこれでもかというほど思い知らされてしまった。そして、人はここまで何かに必死に熱くなれるのだと、その姿は見た人の胸を打つのだと、自分の身をもって知ることができた。

舞台と客席の熱はずっと冷たいままだった俺の心を熱くさせた。自分にも何かできるかもしれないと、何かしてみたいと、そんな熱い思いを抱かせてくれた。

冷やかし半分で足を運んだのに、他の観客と共に拍手を送り、幕が下りるときには本気で来てよかったと思えていた。いつもひんやりとしていた気がした自分の魂が熱くなって、今、最高に眩しくて素敵なものを目にしたのだと、これまで感じたことがない興奮を味わっていた。

「待って待って、島本！」

カーテンコールも終わり、客席から観客がほとんどいなくなったが、俺はしばらく立ち上がることができなかった。ようやく立ち上がって劇場を出ようとしていると、裏から走ってきた小森に呼び止められた。まだメイクも取っておらず衣装のままで、それでも興奮で頬が上気しているのがわかる。

「今日、来てくれてありがとう。……まさか本当に来てくれるとは思わなかった」

「いや、お前が来いって言ったんじゃん」

「でも、大学の友達で来てくれたの、島本だけだったから。どうだった？」

小森はキラキラした目で、期待たっぷりに見てくる。こんな目で見られたのでは、面白くなかったとしても伝えにくい。だが、幸運なことに文句なしに面白かったから問題ない。

「すげえ面白かった。小森、演技うまいんだな。舞台の上で"生きてる"って感じがした。あとさ、存在感がすごい。華があるっていうんだろうな」

こんなときにもっと言葉が出てくればいいのにと、俺はもどかしく思いながら言った。だが、そんな拙い言葉でも、小森は嬉しそうに目を輝かせる。

「ありがとう！　俺、誰かの心に残る演技をしたいって思ってるから、そう言ってもらえて嬉しい。主役じゃなくても、見た人が俺を忘れられなくなるような演技がしたいんだ、いつか……」

小森の目には、本物の熱がこもっていた。見かけやふりではない、本物の熱が。その熱はしっかりと俺にも移り、俺の胸も熱くしていた。

「小森ならできるよ。頑張れ」

いつかじゃなくてもうできてるよ——その言葉は飲み込んで、俺は劇場を出た。

それから俺は、様々なことに熱心に打ち込んだ。バイトに、講義に、ゼミでの研究に、それから就活に臨んだ。

これまで何となく、無難に、ということをテーマに生きていたはずなのに、何にでも全力で取り組むようになった。熱くなるのはかっこ悪いとこれまでどこかで思っていたが、全力で頑張って人の心を演技で動かす小森を見たら、斜に構えているほうがよほどかっこ悪いし、もったいないと思うようになったのだ。そうして姿勢を変えると評価され、信頼されるようになり、いろいろなことが楽しくなった。

ゼミでの研究で忙しくしつつ、気になる会社のインターンにもいくつか参加した。その中で、参加している学生たちで今ある商品の従来とは違った売り方を考えてみるというプロジェクトに取り組んだことで、俺は自分がその手の仕事に興味があるかもしれないと気がつくことができたのだ。

それで俺は商品開発やマーケティングをやってみたいと思う業種に絞り、企業研究に力を入れて就活に臨んだ。

当時は就職氷河期とは言わないまでも決して売り手市場と呼べる状態ではなかったから厳しかったが、めげずにいくつもの会社にエントリーシートを送り、選考を進み、何とか内定を勝ち取ることができた。

内定をもらえたのは、とある飲料メーカーだ。企画や開発を希望していたが、営業として採用され、小売店に自社商品を卸すために日々駆け回ることになった。しかし、憧れの本社勤務だ。さらに、営業部での活躍次第では企画部への異動もあり得ると聞かされていたため、がむしゃらに働いた。いつかのその日のために、多少の無理でもやれることなら何でもやった。

以前の俺なら、きっとそんなことはしなかっただろう。でも今は、がむしゃらになる楽しさも、その先に見えるいい景色も知っている。世界が輝くかどうかは自分次第なのだろうと、あの日の小森の姿を見て感じたのだ。

小森の舞台を見たのはあの一度きりだったが、いつも俺の心には彼の魅力的な演技する姿があった。今頃あいつも頑張っているだろうと、自分も必死になることでエールを送るような願掛けをするような、そんな気分にもなっていた。

いつか小森がテレビドラマや映画にも出るような人気俳優になったら、周囲の人間に「大学のときの友達なんだ」みたいなことを言ってやろうなどと、そんなことも夢想していた。それは俺にとって、夜空の星を見上げるような、ひそやかな信仰みたいなものになっていた。

だが、企画部への異動は一向に叶わず、入社五年目で地方の支店への異動が決定した。

地方での販路拡大と後進の教育という名目での異動だが、俺自身は左遷されたのと同じように感じていた。同期たちは華々しい活躍をしているのに、俺は基本的に足で稼ぐ地味な仕事ばかり。主任という肩書きはついたものの、地方に行ってからはくさくさした気持ちで過ごすことが多くなった。地方への異動で、企画部への道は完全に断たれたのだ。本社に戻れるかもわからない。それならば、淡々とノルマをこなすことしか、もう考えられなくなってしまった。

あの日、舞台の上で見つけた小森という綺羅星のような存在のことも、いつしか考えないようになっていた。テレビに出ているのも見たことがないし、名前も聞かない。きっと夢破れて俳優をやめてしまったのだろうと、勝手に判断して忘れることにした。忘れることで、あの日舞台を見たときに抱いた熱い思いから目をそらそうとしていたのだ。


そんなふうに腐って過ごしていたある日のこと。

後輩と外回りを終えて食事をしようと街を歩いていると、ふと何かが視界に入った。既視感というのだろうか。いつかどこかで見たことがあるという感覚が強烈にして、そのことに激しく心が揺り動かされた。

交差点を渡りきったところに、何かを配る若者の姿を見つけたからだろうかと思ったが、自分が無意識のうちにその若者の背後の建物に貼られたポスターに引き込まれていたことに気がついた。

どうやら何かの舞台の地方公演のポスターのようで、俺はその中に懐かしい顔を見つけた気がして思わず近づいてしまった。

「先輩、どうしたんですか？　あ、その公演気になるんですか？　好きな俳優が出るっていうんで、うちの彼女がめちゃくちゃ騒いでるんですよ」

俺がポスターを見ていることに気がつくと、後輩の斉藤《さいとう》が食いついてきた。

「この小森翔っていうのが、彼女のいわゆる推しなんですけど、初主演舞台らしくて、行ける範囲での公演は全部行くって張り切ってるんですよね」

「小森、翔……」

「大学時代に小さな劇団に所属して、そのあといろんなオーディション受けまくって、今の事務所に所属して、それでも端役しかできなかったのがここ数年でようやく名前のある役をやれるようになったらしいんです。それでやっとの主演ですから、うちの彼女は大喜びで」

「……そうだったのか」

斉藤からもたらされた情報によって、ポスターの中の人物が見間違いではなく本当にあの小森なのだとわかって、鼓動がにわかに速くなった。彼は、あきらめずに舞台に立ち続けていたのだ。そして、きちんと輝いていた。そのことを知って、くすぶっていた心が、再び燃えるような気がした。

俺なんて、地方に異動になったくらいで人生終わったみたいに考えて腐っていたのに。努力したって無駄で、必ず報われるわけじゃないんだと言い聞かせることで無理やり納得してあきらめようとしていたのに。

小森は、ずっと挑戦し続けてきたのだ。あきらめずにいたのだ。

「島本さん、こういうの好きなんですか？」

「いや、好きというか……チケットの取り方って、わかるか？　なにぶん、こういうことに疎いもんでな」

今の自分が彼を友人と言うのはおこがましい気がして、俺は言葉を濁した。

斉藤はそんなことはどうでもいいらしく、目を輝かせてテンションを上げた。

「任せてください！　彼女に言えば、大喜びで取ってくれるはずです！　今まで彼女に誘われてもいまいち興味なかったんですけど、島本さん行くならご一緒したいです」

調子がいいなあと思いつつも、斉藤の明るいノリに救われた。きっと今自分ひとりだったら、この感情を持て余してどうしたらいいかわからずにいただろう。

小森は、まるで交差点ですれ違うかのように一瞬、人生の中で接点があっただけの人間だ。しかし、それでも俺にとっては彼との関わりは人生を変えるほどのもので、その彼がまだ頑張っているのだと思うと、活躍しているのだとわかると、言いしれない喜びが胸の中に湧き上がった。

あの日見つけた星が、まだ輝いている。

たったそれだけのことで、俺は自分もまた頑張れそうな気がした。

最後の交差点

ひらび久美

信号が青になり、周囲の人たちは交差点を渡り始めたが、飛路《ひろ》はどうしても最初の一歩が踏み出せなかった。ここを渡りさえすれば、かつてのチームメイト・浪川修斗《なみかわしゅうと》が勤める大阪南部総合病院に行けるというのに。

飛路は顔を伏せ、慣れない松葉杖をついて歩道を戻った。タクシーを降りたときに見つけた公園の石垣に座り、黄色いイチョウの葉が落ちた歩道を眺める。

今から十三年近く前。高校入学後、強豪と名高いサッカー部に入った。練習初日の新入生集合時間に部室に行くと、背の高い同級生が話しかけてきた。

「おまえ、どこのサッカースクールの出身？」

「地元の少年サッカー団だよ。小一のときに入ったんだ」

飛路が神戸にあるサッカー団の名前を告げると、その同級生は小馬鹿にしたような笑みを浮かべた。

「そんなチーム、聞いたことないな。この部に入るやつはみんな有名サッカースクールの出身だぞ。おまえなんかライバルにならないな」

　同級生は興味を失ったように飛路に背を向けた。飛路はぐるりと部室を見回す。みんな飛路より体格がよく、自信に溢れた表情は傲慢《ごうまん》にも見えるくらいだ。

（サッカー選手に憧れてこの高校に入ったけど……みんなうまそうだな……）

　自信をなくしかけたとき、一人の生徒が目に留まった。飛路と同じくらいの体格で、どこか影のある表情で俯《うつむ》いている。飛路は近づいて小声で話しかけた。

「俺は二組の森本《もりもと》飛路。キミもやっぱりサッカースクールの出身？」

　その生徒は顔を上げ、自分は浪川修斗という名前で、父に勧められて小学一年生のときにサッカースクールに入ったと話した。彼の暗い瞳は、ガツガツしたライバル意識むき出しのほかの部員と違って、飛路にはクールに映った。そんな寡黙な彼と一緒にいるのは心地よく、飛路は自然と夢を語るようになる。

「俺、高校を卒業したら、絶対にプロになる！」

「次の高校選手権大会ではスタメン入りして、得点を挙げる！　スカウトの目に留まるような派手な活躍をするんだ」

弱小少年サッカー団出身の飛路を、ほかの部員は歯牙《しが》にもかけなかったが、修斗は飛路の話を「飛路ならできるよ」と頷き、静かに聞いてくれた。

二年生の夏が始まったある日、いつもは淡々とディフェンスに徹する修斗が、人が変わったように乱暴なプレーをした。紅白戦の最中、ボールを競り合うときに強く体をぶつけたり、後ろから足を蹴ったり……。修斗らしくない挑発的なプレーを意外に思いながらも、飛路は彼をドリブルで抜こうとした。直後、修斗の足につまずき、人工芝のグラウンドに顔面から突っ込む。

「いってぇ」

すぐに両手をついて体を起こしたが、すでにボールは修斗に奪われていた。目が合った修斗が陰鬱な笑みを浮かべ、飛路は頭にカーッと血が上った。猛然と修斗を追いかけ、強引に体を入れてボールを奪う。

「どうだ！」

飛路が勝ち誇った顔で振り返ると、修斗は体を捻《ひね》りながら倒れ、左膝を抱えて顔を歪めた。立つことができず、コーチの肩を借りてピッチを出た。そのときの修斗の苦しげな表情に、飛路は不安を覚える。

携帯電話を持っていない修斗とその日は連絡がつかなかった。翌日、修斗は学校を休み、飛路たち部員は部活のあと、コーチから「浪川は左足の前十字靭帯が切れた。復帰できるのは八ヵ月から九ヵ月後になる」と知らされた。

（俺があんなプレーをしたせいだ！）

飛路は罪悪感で胸が押しつぶされそうになった。

「試合中の事故だから、誰が悪いわけでもない」

コーチにそう言われたが、飛路は居ても立っても居られず、電車に乗って修斗の家に見舞いに行った。だが、応対した修斗の父に憤怒《ふんぬ》の形相で怒鳴られる。

「おまえが修斗に怪我をさせたのか!?　修斗は将来がかかった大事な試合に出られなくなった！　汚い手を使ってライバルを蹴落とす卑怯者《ひきょうもの》めっ」

「蹴落とすなんて、そんなつもりは。俺は修斗のことを大切な友達だと――」

「二度と顔を見せるなっ」

修斗の父の怒声に話を遮られ、目の前でドアが乱暴に閉まった。

飛路は修斗が登校してくるのを待ったが、修斗は一度も学校に来ないまま、誰にも別れを告げずに夏休み前に転校した。


飛路はがむしゃらに練習を続け、高校卒業後、地元のプロサッカーチームに入団し、今年で十年目に入った。三日前の試合中、ゴール前でジャンプしてボールを競り合った際、相手キーパーと交錯して転倒した。左膝が変な音を立て、激痛で立てなくなる。担架でピッチから運び出され、病院で診断された結果は、左足前十字靭帯の断裂、全治八ヵ月。十一年前の修斗と同じだった。

飛路はジャージのパンツに包まれた左膝を見下ろした。靭帯からの出血で関節内に血が溜まっていて、手術をするのはその腫れが引いてからだ。だが、手術を受けてリハビリをしている間に、ライバルたちはどんどん実績を積み、有望な若手が加入してくる。八ヵ月後、本当にまたピッチに立てるのか？　チームに自分の居場所はあるのか……？　〝引退〟の二文字が何度も頭をよぎる。

（あの頃の修斗も……こんな気持ちだったのかな……）

飛路は暗い気持ちで唇を噛んだ。スマホを取り出し、高校の元担任教師に教えてもらった病院の公式ホームページを開く。整形外科の医師紹介ページに、白衣を着た修斗の写真が掲載されていた。高校生のときと同じく前髪は少し長めだが、いつも伏し目がちだった暗い瞳は、キリッと前を向いている。

同じ怪我をした今なら、修斗に許してもらえるかもしれない。そう思って、土曜日の今日、ここまで来た。けれど、どうしても病院に入る勇気が出ない。最初になにを言えばいいのか考えるたびに、修斗の父の怒鳴り声が耳に蘇《よみがえ》る。

スマホをポケットに戻して顔を上げたとき、病院の横の通用口が開いて、私服の男女が数人出てきた。どうやら勤務時間が終わったようだ。

その中に修斗の姿を見つけ、飛路の心臓がドクンと鳴った。緊張しながら松葉杖を使って立ち上がる。道路の向こう側で、修斗は駐輪場の一台のクロスバイクに近づきロックを外した。一人の男性に話しかけられ、明るい笑顔で頷く。修斗がクロスバイクのサドルを自慢げに叩くのを見て、飛路は寂しさを覚えた。

(あんなふうに笑う修斗を、俺は見たことがない……)

思えば自分が語るばかりで、彼の話はほとんど聞いたことがなかった。

修斗はヘルメットを被り、クロスバイクを押して横断歩道を渡り始めた。彼の姿が近づいてきて、飛路の鼓動が速くなる。修斗が横断歩道を渡りきり、飛路は呼び止めようとした。だが、緊張のあまり声が出ない。

その間に修斗はクロスバイクに跨《また》がり、大きく漕ぎ出した。飛路は慌てて左足を前に出したが、膝に痛みが走ってバランスを崩す。とっさに石垣に摑まると、手から松葉杖が落ちて大きな音を立てた。悪態をつき、曲がりにくい膝をどうにか動かして松葉杖を摑んだとき、視界の端で人影が動く。

「飛路？」

低い声で名前を呼ばれて、飛路は顔を上げた。クロスバイクを停めた修斗が、歩道を押して戻ってくる。

「どうして……」

飛路は目を見開いた。修斗は口元にかすかに笑みを浮かべる。

「音がしたから気になって振り返ったんだ。飛路だとわかって、もっと驚いた」

「俺だと……すぐにわかったのか？」

「わかるさ。昨シーズン、最優秀選手賞《MVP》を受賞してスポーツ紙に載ってただろ」

修斗が目を細め、飛路は顔を背けて吐き捨てるように言う。

「つい先日もスポーツ紙に載ったよ」

修斗は石垣の前にクロスバイクを停めると、石垣に腰を下ろして飛路を見た。

「怪我をしたって……記事を読んだ」

飛路は無言で修斗の隣に座った。スポーツ紙を見たのなら、彼は飛路がどんな怪我を負ったか、今どんな状態か、わかっているはずだ。

飛路はかつて修斗も感じていたはずの痛みに顔を歪め、口を開く。

「……ざまあみろって思ったか？」

「どういう意味だ？」

修斗の口調が険しくなった。飛路は視線を膝に落とし、声を絞り出す。

「俺が……おまえのサッカー人生を終わらせた。将来を狂わせた。そのときと同じ怪我だ。俺自身、天罰だと思っている。今さら許してもらえるとは思わないが……すまなかった」

風が吹いて、イチョウの葉がはらはらと落ちた。修斗は膝の上で両手を組み、大きく息を吐いて言う。

「……俺、転校してから、おまえに会いに行こうとしたことがある」

飛路はゆっくりと修斗を見た。修斗は飛路から目の前の交差点に視線を移す。

「だけど、最後の交差点が渡れなかった」

「最後の交差点？」

「ああ。おまえに謝りたかったのに、交差点の向こうにおまえんちが見えたとたん、動けなくなったんだ」

「なんでおまえが俺に謝りに来ようとするんだ？」

飛路は眉を寄せて修斗を見た。修斗は遠くを見るように目を細めて言う。

「俺さ、スポーツとか、あまり好きじゃなかったんだ」

「えっ？」

「本を読んでる方が好きだった。でも、父に……『中学からサッカー部に入って大学までプロを目指したが、ダメだった。俺の無念をおまえが晴らしてくれ』って重い夢を課された。父の期待が大きすぎて、本当は嫌だって言えなかった。言われるままスクールに入って、高校までサッカーを続けた。父は会社勤めをしながら、暇さえあれば俺にボールを蹴らせた。自由な時間なんてなかった」

修斗が淡く微笑み、飛路は彼の言葉の意味を考えながら、黙って耳を傾ける。

「でも、俺には飛路のようにサッカーに対する情熱もなければ、うまくなりたいって気持ちもなかった。人と争うのは嫌いだったし、ボールを巡って競り合うのも苦痛だった。父に言われた通りに生きてきたけど、あのままサッカーを続ける意味が見出せなくて……苦しくて……追い詰められて、怪我をしたらやめられるんじゃないかって考え始めた」

飛路は愕然《がくぜん》として目を見開いた。確かにあの頃の修斗はいつも暗い表情をしていたが、まさかそんなことを考えていたなんて……。

修斗は視線を地面に落として話を続ける。

「だけど、父は『靭帯を切っても復帰した選手は何人もいる！　死ぬ気で努力して復帰しろ』って俺を追い立てた。どうしても父の夢から逃れられないのかと絶望して、ある日、病院の屋上に行った」

飛路は息をのんで修斗を見た。修斗は小さく首を左右に振る。

「たまたま見舞いに来たじいちゃんが俺を捜して見つけて……話を聞いてくれ

た。昔からじいちゃんは俺の味方だった。『子どもの人生は親のものじゃない』って言って父を説得してくれて、俺はようやく父の夢から解放され、サッカーをやめることができた。そのあと、じいちゃんと一緒に暮らし始めたんだ」

「それで……転校したのか」

「ああ。それから半年ほど経って、じいちゃんが足の骨を折ったんだ。じいちゃんを診てくれた近所の整形外科の先生がすごく親身になってくれて……俺もあんなふうに人に寄り添いたいと思った」

「それで、医者になったのか？」

「ああ。猛勉強したよ」

〝勉強〟と聞いて飛路が顔をしかめ、修斗はふっと笑みをこぼした。

「いつも目をキラキラさせて夢を語る飛路が羨《うらや》ましかった。俺もなにかに心を熱くしたかった。サッカーをやめたことで、夢を見つけた。怪我や病気で苦しんでいる人を一人でも多く笑顔にしたい。今はその夢を毎日追いかけている」

そう言ってから、修斗は飛路を見て、つらそうに顔を歪めた。

「父から逃げたいって身勝手な気持ちで、自暴自棄なプレーをしたことをずっと後悔していた。一歩間違えば飛路に怪我させていたかもしれない。まさに天罰だったのに、飛路に負い目を感じさせて……苦しめて、本当にすまなかった」

修斗が膝に手を置いて頭を下げた。修斗の本心に初めて触れ、飛路は胸の奥から言いようのない熱い感情がせり上がってきて、視界が滲《にじ》む。

「あれは……コーチが言ったように『試合中の事故』だった。誰が悪いわけでもないよ」

「飛路……」

顔を上げた修斗の目が赤く潤んでいた。飛路は右手の甲で自分の目元を拭う。

「さっき、病院から出てくるおまえを見た。同僚と楽しそうに話してただろ。俺、おまえのあんな笑顔、見たことがなかった。あんなふうに笑える場所がおまえに見つかって……本当によかったよ」

飛路が修斗をまっすぐに見つめ、修斗の顔が泣き笑いのように歪む。

「ありがとう……」

「今日、おまえに会いに来て、おまえの気持ちを知ることができてよかった」

飛路はそっと左膝を触った。今感じる痛みは、さっきまでの絶望を伴った痛みとは違う。

「飛路……まだ引退なんかしないよな？」

修斗に顔を覗き込まれ、飛路は吹っ切れた清々《すがすが》しい表情で修斗を見た。

「当たり前だ。復帰するために、信頼できる整形外科医を探しているところさ」

「クラブやトレーナーがいい医師を紹介してくれたんじゃないのか？」

飛路は膝の上で手をギュッと握って、言葉を発する。

「俺はおまえに頼みたい。修斗、俺の主治医になってくれないか？」

修斗は目を見開いて飛路を見た。試合前と同じ、飛路の挑むような表情を見て、ニヤッと笑う。

「いいのか？　俺の手術費用は高いぞ？」

初めて聞く修斗の冗談に、飛路は目を細めておどけた表情で返す。

「俺の年俸を知らないのか？」

飛路が声を出して笑い、つられたように修斗も笑って言う。

「知らないが安心しろ。うちの病院は良心的だ」

ひとしきり笑ったあと、修斗が右手を差し出した。

「飛路、二人で夢を叶えよう。俺は飛路をピッチに戻すという夢を。おまえは再びピッチで活躍するという夢を」

高校時代、一方的に夢を語ったとき、修斗は『飛路ならできるよ』と言ってくれた。その言葉を思い出し、飛路の胸は今までになく熱く躍る。

「俺たちならできるよ！　それぞれの夢を二人で一緒に叶えよう！」

修斗の手を握ったとき、飛路は耳に、彼の復帰とそれを支えた医師を称《たた》える観客の歓声と拍手が、聞こえたような気がした――。

人生の地図

溝口智子

ああ。そうか。ここから一歩踏み出せば、もうすべてから解放されるんだ。

くたびれた革靴に包まれた足を、ホームの端から踏み出そうとした瞬間、強い力で腕を引かれた。

「大丈夫ですか！」

なにが起きたかわからない。視界に入るのはホームの天井だけ。背中に強い痛みを感じる。ゴオッという音をたてて、急行電車が通り過ぎて行った。

「怪我はありませんか。貧血でも起こしたんですか？」

人のよさそうな青年が俺の顔を覗きこんできた。俺は青年に腕を引っ張られて背中からホームに倒れたらしい。痛みをこらえながら、なんとか頭を上げた。

「大丈夫です、貧血とかじゃないので」

そう言いながら膝に手を突き立ち上がる。四十歳を過ぎて、ずいぶん柔軟性がなくなった。運動する気力などない俺にはふさわしい体だ。

「もしかして、僕は邪魔をしてしまいましたか？」

問われて目をやる。三十代前半くらいの年齢だろう。半袖のワイシャツ姿の青年は、俺と同じように通勤の途上のようだ。

「自殺したかったんですか」

問われて、ふっと笑いが出た。自殺。そんな大げさなことを考えていたわけじゃない。ただ電車の前に飛び出せば、もう自分の姿を見なくて済むと思ったのだ。人に命じられるがままに流され続けた人生。自分がこの世界にあるのかないのか実感がわかない、そんな毎日から逃れられると思っただけだ。

俺は首を横に振って、持っていたはずのカバンを捜して辺りを見渡した。ホームぎりぎりに落ちていたカバンを拾い、のろのろと乗車待ちの列に並ぶ。

「ちょっと休んだ方がいいですよ。倒れたショックとか、後を引くかもしれないから」

青年がついてきて、俺の袖を引いた。電車を一本逃しても、その次に乗れば出勤時間には間に合う。年下の上司に叱責されることもない。促されるままにベンチに座った。

「なにか、つらいことがあったんですか？」

青年はよほど人がいいのだろう。通りすがりの俺に親身になってくれる。その純粋な気遣いに甘えて、俺は吐き出すような気持ちで自分の話を始めた。

「妻が出て行ったんです。俺がなにを考えてるか、心があるのかすらわからない、もう耐えられないって」

青年は黙って頷いた。まだ話を聞いてくれる様子だ。俺は言葉を続けた。

「妻だけは違うかもしれないと思っていたんです。俺のことをわかってくれているかもと。でも、妻にも私の顔はモザイク越しにしか見えてなかったんだ」

「モザイク？」

話したい気持ちはあるが口を開くだけで、ひどく疲れる。説明するより見せた方が早いだろうと、カバンからタブレットを取り出し、いつも見ている画像を青年に見せた。

「3Dマップですか。ああ、モザイクって、通行人の顔がわからないようにしている、このぼかしですか」

青年がタブレットを覗きこむ。

「喫茶店ですね。三差路の突き当りにあるのかな。すごく雰囲気が良さそうだ。知っているお店ですか？」

首を横に振ると、青年は地図情報を見て「東区かな」と呟いた。

「この店の中の女性、モザイクがかかっていても、なんとなく雰囲気があるというか。存在感がありますね」

俺は頷いてタブレットを膝に下ろした。

「俺とはえらい違いですよ。素顔なのに誰からも、なにを考えているかわからないって言われる俺と、モザイクでも感情が見える彼女と」

青年はタブレットを覗きこんで、女性の顔を見つめている。

「なんだか、寂しそうですね。なにを見ていたんだろう」

「なにを……？」

「なにかを見つめているように見えませんか？」

タブレットを持ち上げ、もう一度、彼女を見つめる。確かに、視線はなにかを捉えていそうだ。青年が横から手を伸ばして、女性の視線の先を追って画像を動かした。だが、写真は三差路の突き当たりにある喫茶店までしかない。右を向いても左を向いても、真っ暗な画面が映るだけで、道はぷつりと途切れたように見える。

「画像データがまだ完成してないのかな」

彼女がなにを見ているかなんて気にしたこともなかった。行き詰まった日常を忘れて遠くを見たくて地図を眺めた。その時たまたま見かけただけなのだ。モザイクがかかっていても尚、存在感のある彼女に、ただ救われていた。誰からもかえりみられない、モザイクに覆われているような自分でも、誰かにとっては存在する価値があるのではないかと。だが実際は、最も近くにいたはずの妻にさえ、なにひとつ、俺のことは見えていなかったのだ。

立ち上がると、いつのまにか電車は行ってしまったようで、ホームに人はまばらだった。俺はタブレットを両手で抱えたまま歩き出した。

「どこへ行くんですか？」

青年がついてくる。

「ここへ行きます」

「その画像の場所ですか。ちょっと遠そうですね」

エスカレーターを使って反対側のホームに渡り、マップの情報を確かめる。

「一時間はかからないです」

ちょうどやって来た下り電車に乗った。乗客はほんの少ししかいない。手近な席に座ると、青年が隣に腰かけた。俺はじっと画像を見つめ続ける。

「奥さん、どこへ行ったかわからないんですか」

青年がぽつりと言った。俺は首を横に振る。

「妻のことはほとんど知らない。俺たちはほとんど話すことがなかったんです。親に無理やりすすめられた見合い結婚で。お互い、趣味もなにもない同士だったから」

「こう言っては失礼ですが、うまくいってなかったんですか」

「俺にはわかりません。結婚してから十五年間、なにか大きな問題があったわけじゃない。ずっと平坦な道を歩いてきたと思っていたのに。突然、行き止まりに当たってしまった」

タブレットの中の道と同じだ。もうここですべて終わり。

「離婚なんてことになったら、両親になんと言って罵倒《ばとう》されるか」

「あなたは、奥さんがいなくなって悲しかったり、怒ったりしないんですか」

「さあ、どうだろう。私は自分がわからないんです。小さなころから親に言われるがままに生きてきただけで。妻が出て行くときに言った通り、心がない、なにも感じていない人間なのかもしれない」

そうだ、心なんて俺にはないんだ。中年になってさえ親に脅える愚か者だ。厳しい両親に言われるまま、叱られないようにとだけ考えて、自分を殺し続けてきた。ずっと前から、心は死んでいたのだろう。

「もう自分を見たくないんですよ。電車の前に飛び出せば、自分のモザイクがかかった顔を二度と見なくて済むと思ったんです。自殺するつもりなんかじゃなかったんです」

青年は、じっと聞いている。なにかもっと話をしたほうがいいだろうかと思ったが、駅についた。

「ああ、乗り換えだ」

立ち上がると、青年が当たり前のようについてくる。東へ向かう電車に乗るため、ホームを移る。やはり倒れたときの衝撃は大きかったようで、階段を上ると背中が痛んだ。

「大丈夫ですか？」

青年に頷いてみせて、黙ったまま歩く。青年はどこまで乗るのかなどと尋ねもしない。まるで自分の影と同道しているような不思議な気持ちになった。失くしてしまった希望や、手に入れられなかった日々のきらめきでできた影。目的の駅で降りるときも、青年は黙ったまま私の後についてきた。

3D地図の中で繰り返し何度も見て覚えた道を歩き出す。画像で見た通りの景色が道の両脇に連なる。狭いロータリーの花壇、信号を渡って右手に古い薬局、左手にスポーツ用品店。この道をまっすぐ行った突き当りの三差路に、目指す喫茶店はある。

背中の痛みをかばうようにゆっくりと歩く。見慣れた景色だが、画面上で見ていた時よりも現実感がない。まるでモザイク越しに見ているかのように、はっきりとした手ごたえがない。風景を見ているような見ていないような不安な心持ちで、いくつかの交差点を過ぎて、三差路にたどり着いた。

喫茶店は開いたばかりのようで、広い窓から見える範囲に客はいない。風を通すためか、開けっ放しになっているドアをくぐる。

「いらっしゃい」

サイフォンが載ったカウンターの向こうにいるマスターが不愛想に声をかけてきた。俺はまっすぐに窓際に行き、彼女が座っていた席に座る。抱えていたタブレットをテーブルに置くと、青年が持っていたカバンを俺の隣の席に置いた。

「俺のカバン。ずっと持っていてくれたんですか」

青年は黙って微笑んだ。俺も黙ったまま頭を下げる。カバンのことなど頭から消えていた。ただただ、ここに来ることしか考えていなかった。もうどこにも行き場がないのなら、最後に見ておきたかった。

マスターが水の入ったグラスとメニューを持ってきた。俺は、メニューを開くこともせずに、タブレットを指さしてみせる。

「これと同じものを」

マスターはタブレットを覗きこむと、「アイスウィンナコーヒーですね」と、ぽつりと言った。青年も同じものを頼むと、マスターはカウンターの方に戻っていった。

俺はぼんやりと窓から外を見る。駅からまっすぐやってきたこの三差路。分かれた一本の道はマンションの脇を通って住宅街へ続くようだ。もう一本は細い私道のようで、道の先には建売らしい家がある。彼女が見ていたのはマンションの方向だ。新築らしいマンションの清潔さと、高級感があるが、それだけだ。それ以外、特段、変わったものはない。

「お待たせしました」

テーブルに生クリームがたっぷり載ったグラスが二つ置かれた。すぐに去ろうとするマスターに、青年が呼びかけた。

「あの、この方、ご存じないですか」

そう言ってタブレットの中の女性を指さす。マスターは少し腰をかがめて画面を覗きこんだが、すぐに首を横に振った。

「さあ、わかりません。常連さんではないですね」

「そうですか」

青年は、あからさまにがっかりした様子を見せた。俺はなんの感慨も浮かばない自分をみじめに感じて、タブレットをしまおうとしたが、青年が手を伸ばしてそれを止めた。

「じゃあ、この人がなにを見てるかわかりませんか」

なにをと言ったって、視線の先にはマンションしかないはずだ。だが、マスターはしばらく画面に見入った。

「これは、たぶん三年以上前の写真ですね。うちの外壁を塗り替える前ですから。その頃、この席からだと、山が見えていたはずです」

「山ですか」

「ええ。今はマンションの陰に隠れてますが、いい風景でしたよ」

この道には先がある。俺はずっとこの三差路の先は行き止まりで、この道はここで終わりだと思っていた。だが、本当は住宅街を通って山に向かったり、私道を抜けて自宅に戻ったりする人がいたのか。俺はぼんやりと口を開いた。

「山の先にはなにがあるんですか」

「港町ですね。山頂からは太平洋が見えますよ」

マスターが行ってしまい、俺はタブレットをカバンに入れた。ストローで生クリームとコーヒーを軽く混ぜて啜《すす》る。コーヒーの苦みと、生クリームのわずかな甘みがよく合った。普段はブラックでしか飲まないが、甘いものが今日は美味しい。

ふと窓を見ると、自分の顔が映っていた。楽しそうに微笑んでいる。その向こうに見えるのは、初めて見る景色だ。いつも3D地図を駅の方からたどって三差路に向かってくるばかりで、三差路からどこかへ行こうとは考えたこともなかった。

携帯電話の着信音が鳴った。カバンから取り出してみると、実家の電話番号が表示されていた。妻が出て行ったと知れたのかもしれない。世間体が悪い、しっかり妻を教育していないお前が悪い。言いたいのはそんなところだろう。そんな言葉はもう一生分、聞いた。携帯電話の電源を切る。

ゆっくりとコーヒーを飲んで席を立ち、二人分の支払いをすませて外へ出た。ついて来ようとする青年に、深く頭を下げる。

「ありがとうございます、助けて下さって」

「いや、そんな。それより、どこへ行くんですか」

「この道の先へ。山に登ってみようと思います」

「一緒に行きます」

俺の顔に自然と微笑が浮かんだ。

「死にに行くわけじゃないんです。この道の先を見たくなったんです」

どこにも通じていないと思っていたこの三差路は、行き止まりなんかじゃなかった。山があり、海があり、その先に世界が広がっている。彼女が思いを馳せた場所を、見てみたかった。

「こんなに、どこかへ行きたいと強く思ったことはない。はっきりとした行き先があるわけじゃないけど、この角を曲がってみようと思います」

青年は頷くと、片手を差し出した。俺はその手を取り、堅く握った。

「お気をつけて」

「ありがとうございます」

青年は軽く頷くと駅の方へ歩いていく。その背中を見送ってから、俺は三差路を曲がった。モザイクなんかかかっていない、クリアな風景が広がる。

さあ、歩こう。自分の足で、自分の目で、行く道を確かめて。人生の地図を少しずつ描いていこう。

マンションを通り過ぎると、大空にそびえたつ山が見えた。きらきらと光って、目に沁みるほど青かった。

推し活スルースキル

南潔

健全な推《お》し活《かつ》とは、自分の推しを愛し、地雷を踏まないよう自衛することである。

奥谷和香《おくたにわか》

「センパーイ、今夜一緒に飲みに行きませんか？」

仕事を終えた和香が帰る準備をしていると、後輩の井上亜紀《いのうえあき》が声をかけてきた。

彼女は和香と同じコスメブランドで働く美容部員だ。和香がメイクテクニックやアドバイスで客から信頼を得ているのに対し、亜紀の場合はその整った愛らしい顔立ちで支持を集めている。彼女自身が商品を使用するだけで、客へのアピールになるのだから、これも一種の才能だ。

「ごめん。今夜は予定あるんだ」

「最近土曜の夜はいつもだめじゃないですかぁ。彼氏と約束ですか？」

「残念ながら違います」

和香は彼氏いない歴二十七年である。一時期このままではまずいと思い友達に男性を紹介してもらったこともあったが、うまくいかなかった。やはり恋人は無理してつくるものではないと悟り、今は仕事と趣味が最優先の生活を送っている。今日もなるべく早く帰宅し、来月着る予定の衣装の制作を進めつつ、深夜の番組視聴に備え待機する予定だ。

亜紀と一緒に職場を出た和香は、とりとめのない話をしながら駅に向かった。

「今日先輩がタッチアップしてた女子高生、可愛かったですねぇ」

「そうだね。ちょっと緊張してたみたいだけど」

女子高生は雑誌に載っていたルージュを求めてやってきた。緊張した面持ちでカウンターに座っている姿はとても可愛かった。少し背伸びした大人っぽい色。和香がタッチアップすると彼女の目が輝いた。メイクは新しい自分になれる魔法だ。そしてその瞬間を目にできることが、この仕事の醍醐味《だいごみ》だった。

「はじめては緊張しますよね。私もセンパイにタッチアップしてもらったときのこと、ちょっと思い出しちゃいました」

亜紀は懐かしそうに目を細める。三年前、女子高生だった彼女は、客としてこのコスメカウンターにやってきた。そのとき接客した美容部員が和香だった。それ以来、亜紀はバイト代を貯めてはコスメカウンターに来てくれるようになった。そして高校を卒業後、和香と同じ会社に入社したのだ。

「そういえばセンパイって、いつメイクに興味を持ったんですか？」

「高校生のときかな。憧れの人の顔に近づきたくて」

「憧れの人って誰ですか？」

和香は答えに詰まる。

「……海外のモデルさんだよ」

「なるほどー。センパイって陰影つけるメイク好きですもんね」

ぎくりとした。だが、なんとか平静を装う。

「亜紀ちゃんは憧れの人とかいるの？」

「いませーん。私は自分の顔が一番好きですから」

和香は感心する。

「そういうこと言っても嫌みにならないところが亜紀ちゃんのすごいところだと思う」

「お褒めにあずかり光栄です。あ、でも美容部員になろうと思ったのは、センパイに憧れてですよ」

上目づかいで悪戯《いたずら》っぽく笑う亜紀を見て、和香は口に手を当てる。

「……あざといが尊い」

「センパイ？　大丈夫ですか？」

「大丈夫。ちょっと眩暈《めまい》がしただけだから」

尊さのあまり、思わず声に出してしまった。気をつけなければと思うのに、亜紀といると、ついうっかり地が出てしまいそうになる。

和香はいわゆる『隠れオタク』だった。

子どもの頃から、アニメや漫画が大好きだった。美容部員という職業についたのも、高校のときにはじめたコスプレ——ゲームやアニメなどのキャラになりきる趣味がきっかけだ。仕事が休みの日はアニメの円盤《DVD》鑑賞や、キャラをモチーフにした食事を楽しめるコラボカフェに出かけ、推しのグッズが発売されれば無限回収に励む。キャラクターが描かれたグッズは基本自宅での鑑賞に止《とど》め、持ち歩くのはキャラの家紋や武器をモチーフにした、見る人が見ればわかるグッズだ。様々な事情でオタクであることは隠したいが、推しの女（オタク界隈では彼女という意味ではなく同志を指す）であることはこっそり主張したいという、和香のような隠れオタク女子のニーズに応え、日常使いできる小物などが多く発売されているので、ありがたい限りである。

この趣味に時間とお金を注ぎ込むことには、何の躊躇《ちゅうちょ》もない。しかしオタクではない人から理解を得にくいということも、身をもってわかっていた。

亜紀が自分に対して抱いている憧れを壊さないためにも、絶対オタバレしないようにしなければ――和香は心に誓った。

「奥谷？」

駅前の大きな交差点で亜紀と信号待ちをしていると、スーツ姿の若い男に声をかけられた。その顔を見て、和香の心臓がドクンと大きく脈打つ。

「やっぱり奥谷だった。俺のこと覚えてる？」

「……藤田《ふじた》君」

忘れられるはずがない。中学校の頃の同級生、藤田正樹《まさき》。アイドルのような甘い顔立ちと明るい性格で、とても目立つ存在だった。頭もよくスポーツも万能。クラスではリーダー的な役割をつとめ、いつも人に囲まれていた。

「久しぶりだな、ずいぶん雰囲気変わってるじゃん」

「藤田先輩、知り合いですか？」

藤田と一緒にいたスーツの男が、和香をちらりと見た。

「中学のときの同級生だよ」

そう言って笑う顔が、あの日の藤田の表情と重なった。

和香が藤田とはじめて話したのは、中学校一年生のときだ。放課後、ノートに落書きしていたアニメキャラクターのイラストを、隣の席だった藤田に見られたのがきっかけだった。

『へー。奥谷って絵がうまいんだな』

藤田はそう言って、和香の落書きを褒めてくれた。

『あ……ありがとう！』

『これ、なんの絵？　教えてよ』

『あ、これはね……』

和香は藤田に質問されるままに、アニメやキャラの魅力について語った。こっそり持ち歩いていたキャラのアクリルキーホルダーも見せた。舞い上がっていたのだ——クラスで人気のある藤田に自分の好きなものを認めてもらえたと。

そのせいで、和香は藤田の笑顔の裏にある本当の思惑に気づかなかった。

「――センパイ、大丈夫ですか？」

隣にいた亜紀に腕を引かれ、和香ははっと我にかえった。

「あ、ごめん。ぼーっとしてた」

「もおー、下向いてたら危ないですよ。ここ人通り多いんですからぁ」

交差点の信号はまだ赤だった。普段なら気にならない待ち時間が、今はいやに長く感じる。

「きみ、奥谷の後輩？」

藤田が亜紀に声をかける。その目には好意的な感情が浮かんでいた。亜紀は接客用のスマイルを浮かべ、和香の腕を胸に抱くようにして引き寄せる。

「はい。センパイの後輩です」

「これから時間ある？　よかったら俺たちと飲みに行かない？」

和香は焦った。亜紀に中学生のときのことを話されては困るからだ。

「あの、藤田君。私たち、もう帰るところだから」

「おまえには聞いてないよ、『オタクタニ』」

藤田に言われ、和香は顔を強張《こわば》らせた。隣にいた亜紀が首を傾げる。

「オタクタニってなんですか？」

「奥谷のあだ名だよ。こいつ、アニメのキャラクターにマジ恋しててさ。で、アニメオタクと奥谷の名前かけて、オタクタニ」

楽しそうに亜紀に説明する藤田に、和香はいたたまれなくなった。

現実の悪役は、アニメのようにわかりやすい悪役の顔をしていない。人のよさそうなフリをして近づいてきて、他人からネタになりそうな話を引き出して、あとから笑い者にするのだ――藤田のように。暴力を振るわれたわけではない。無視されたわけでもない。だが自分の好きなものを貶《おとし》められ、からかうための玩具《おもちゃ》にされたことが、和香の心をひどく傷つけた。あのとき感じた恥ずかしさや惨めさが、ぶり返す。『オタクタニ』というあだ名は、それから三年間、和香についてまわった。

「えー、ドン引きですぅ」

亜紀の言葉が鋭い刃となって胸に刺さる。そう言われても仕方ないと覚悟していたが、やはりショックだった。

「だろ？　アニメのキャラにマジ恋なんて引くよな」

「いえ。センパイじゃなくあなたにドン引きしてます」

和香は弾かれたように亜紀を見る。亜紀は和香の腕を抱きしめたまま、藤田を冷たい目で見据えていた。

「センパイの同級生ってことはアラサーですよね？　いい年して他人の趣味をバカにするなんて、どれだけ幼稚なんですかぁ？　わざわざ昔の話持ち出してくるあなたの執念深さがとーってもきもちわるいです。それにそのあだ名、本当に面白いと思ってます？　センスない上にまったく笑えないんですけど」

藤田の顔が真っ赤になった。同時に信号が青になり、人が動き始める。

亜紀は呆然としている藤田を鼻で笑うと、和香の腕を引いて、交差点の人混みをすいすいとすり抜けていく。

「あー、ホント気分悪い男ですね……って、センパイ、なに泣いてるんですか？」

振り返った亜紀が、和香を見てぎょっとした顔をした。

「ごめん、私のせいで亜紀ちゃんに不快な思いさせて……」

和香が謝ると、亜紀は「移動しましょう」と言い、駅の女子トイレに入った。

「気分悪いのは、センパイのせいじゃないですよ。過去の話持ち出して馬鹿にしたあの男のせいですからね」

「過去じゃないんだよ。私、現在進行形でオタクなの」

涙を拭おうとしてくれていた亜紀の手を、和香は摑んだ。

「今日、亜紀ちゃんの誘いを断ったのは推し……アニメ見るためだし、メイクに興味を持った本当のきっかけは、キャラのコスプレをしてたからなの。このあいだ亜紀ちゃんが『可愛い〜。それどこのブランドですかぁ？』って聞いてきた化粧ポーチは私の推しの家紋をモチーフにした公式グッズで、仕事の休憩中使ってるタンブラーはアニメの円盤購入特典なの」

秘め事を一気に吐き出した和香に、亜紀は目をまるくしている。

「……センパイ、すごく早口で喋るんですね」

「……ごめん、興奮すると、つい習性で……」

ふたりの間に沈黙が落ちた。

「あの……亜紀ちゃん、私に幻滅した？」

「はい、しましたね」

間髪容れず頷いた亜紀に、和香はショックを受けた。わかっていたこととはいえ、本人の口から聞くのはつらい。

「私がオタクであることが理由で相手にゲンメツするような女だってセンパイが思ってたことに、私は超ゲンメツしてます」

和香は目を見開いた。

「正直オタクっていう存在がどういうものかよくわかりませんけど、夢中になれることがあるっていいことじゃないですか？　どんな趣味でも人に迷惑かけてない限り、他人にそれを否定する資格なんてないんですよ。オタクじゃなくても、それくらいのことわかりますぅー」

「……ごめん」

和香の頬を亜紀が両手ではさみ、無理やり上に上げさせる。

「だいたいセンパイはどうでもいい人の言葉に耳を傾けすぎなんですよ」

「でも、彼は同級生だから」

「同級生イコール友達じゃないですよ。街ですれ違う二度と会わない他人と同じです。センパイはこの私が認める素敵な人なんですから、そんなヤツは無視して堂々としてればいいんです――って、ああ、また泣くぅー！」

再び溢れ出した涙に、亜紀がティッシュを押し付けてくる。昔、アニメで推しが死んだときと同じくらい泣いている。だがこれは悲しい涙ではない。

「……ありがとう、亜紀ちゃん」

健全な推し活に大事なのは、自信をもって自分の推しを愛し、苦手なものは前もって回避することだ。それをすっかり忘れていた。和香にとっての地雷は藤田である。万が一また会うことがあっても完全無視することに決めた。

「お礼は態度で示してくださいね。これから飲みに行きましょう。もちろんセンパイのおごりで」

「それは無理。今夜は帰ってアニメ、リアタイ視聴しなきゃいけないの」

鼻をすすりながらも和香がきっぱり断ると、亜紀が信じられないものを見るような目をした。

「はぁ〜？　どう考えてもここはセンパイを慰めた優しい後輩ちゃんのために予定変更するって流れでしょー！　録画してないんですか？」

「ろ、録画はもちろんしてるけど！　ネタバレ踏みたくないからどうしてもリアタイ視聴したいの……！」

　両手を合わせて和香が頼むと、亜紀は「これがオタクなんですね……」と呆れたような顔をした。

「……わかりました。じゃあ明日でいいです」

「ありがとう！」

　礼を言うと、亜紀はため息をついた。

「ところでセンパイ。気になってたんですけど、推しってなんのことですか？」

「推し？　私の場合は好きなアニメキャラのことなんだけど、一般的には好きな人や応援してる人のことを指すみたい」

　亜紀はふうんと呟き、悪戯っぽい目で和香を見た。

「じゃ、センパイは、私の『推し』ですね」

三丁目のおむすびや

矢凪

結人《ゆいと》はコンビニのおむすびがあまり好きではなかった。米の固さや具の量は好みではないし、開封する時に自分で引っ張り出して付ける海苔なんてパラパラと細かい粉が落ちるし、途中で破けて上手く巻けなかったりするとイライラしてしまうからだ。にも拘《かか》わらず、今、結人はそのコンビニおむすびを頬張っていた。

「あー、やっぱり違う物にすればよかった……」

お気に入りのカップ麺が売り切れていなければ迷わずそれを買ったのだが、なかったのだから仕方ない。懐が寒かったことや、コンビニのアプリでたまたま割引クーポンを持っていたことで、うっかりおむすびを買ってしまった。

頭に血が上っていたのも原因だ。というか、それこそが元凶だった。

――ごめんね、店の改装とか全然する気ないから。

「真知《まち》のばか……」

名前を呼び捨てているが、真知というのは今年で四十二歳になる結人の母親のことで、フルネームを満月《みづき》真知という。『お母さん』と呼ばれたくないという本人たっての希望で、結人は幼い頃から母親のことを『真知』と呼んできた。

冷たいおむすびを二個、無理やりお腹に収めた結人はペットボトルの緑茶を一気に飲み干し、部屋の小さな丸いゴミ箱に向かって投げつけた。カコン、と音を立てて縁に弾かれたのを見て小さく舌打ちすると、五畳の畳敷きの自室に敷きっぱなしになっている布団に仰向けで寝転がる。

布団のすぐ脇にはクシャクシャに丸められた紙が一枚落ちていて、結人は横になったままそれに手を伸ばそうとして、やめた。

その紙は、結人が通っているデザイン系専門学校の課題で描いた、店舗デザインを印刷したものだ。一時間ほど前、学校から帰宅した結人はそれを近所で『おむすびや』という店を切り盛りしている真知に見せた。

しかし、喜んでくれるだろうという期待は見事に裏切られ、示された反応は結人には納得がいかないものだった。

興味を持たないどころかろくに説明も聞かないうちから拒絶するような様子を見せられ、会話も続かなかった。

結人は驚きと悔しさと落胆から来る怒りを爆発させると、並んでいた夕食を無視して家を飛び出し、近所のコンビニでおむすびを買ってしまったのだった。

空腹が満たされたおかげか、冷静さを取り戻した結人は、自分の描いたデザインが下手だったからいけなかったのか、それとも何か他に理由があって受け入れてもらえなかったのだろうかと考え始めた。真知に聞き直せばいいのだが、なんとなく気まずくて、それはできない。

やがて眠気が襲ってきて、考えるのが面倒になって思考を放棄した。

「真知のことなんて、もう知らねぇ……」

そうつぶやいて眠りに落ちた結人は、翌日から真知と顔を合わせないように、わざと時間をずらして生活し始めたのだった。

しかし、一週間が経った頃の夕方、結人が学校から帰宅すると、普段なら店から戻っていないはずの真知がなぜかリビングに居て、テレビを見ていた。

結人は知らんぷりして自室に向かおうとしたが、ふと、真知の左足首に白いテーピングが巻かれていることに気づいて足を止める。

一方、息子からの視線を感じた真知は、顔を上げてペロッと舌を出した。

「てへっ。これねー、店の裏で躓《つまず》いて、やっちゃった！」

転倒した拍子に左足首を痛めてしまい、仕方なく店を早仕舞いして整形外科を受診したところ、捻挫《ねんざ》と診断されたのだという。

「てへ、じゃないだろ。明日から仕事はどうするんだよ？」

「うーん、とりあえず、おむすびを握るのは座ってでもできるし、骨が折れてるわけじゃないから、なんとかなるんじゃないかなぁ？」

楽観的かつ無茶なことを言う真知に、結人は深いため息をつく。昔から店が大好きで、定休日以外はほぼ休まず店を開け続けてきた真知のことだ。冗談ではなく、明日も本気で仕事する気でいるのだろう。

　しかし、捻挫を軽くみてはいけない。無理をして悪化したら元も子もないし、万が一、店を続けられないような事態になったら家計に響く。瞬時にそこまで考えた結人は、腹を立てている件は一旦横に置いて、渋々と提案を持ちかけた。

「ったく、仕方ないな。明日からしばらく、俺が店、手伝ってやるよ」

「えっ、でも結《ゆい》くん、授業とかコンビニのバイトは？」

「学校は明日から春休みだから平気。バイトも最近、新人が入ってきてシフトに余裕できたから問題ない」

「じゃあ、遠慮なく頼りにしちゃうから、覚悟してなさいね！　ふふっ」

　真知が浮かべた不敵な笑みに、結人は少しだけ恐ろしさを感じながら、自室へ戻ったのだった。

　そうして翌日から、結人は真知が営む『おむすびや』を手伝い始めたが、店に出るのは小学生の夏休みの時以来なので、勝手がほとんど分からない。遠慮なく頼ると宣言していた真知に指示されるがまま、店内外の掃除やゴミ出し、米袋や納品された食材運び、調理器具の洗浄などを休む暇なくこなしていった。お昼時だけは、週三日だけ売り子として店に立っている境《さかい》さん――還暦過ぎの近所に住む小柄でふくよかな女性――が真知のケガを心配して毎日来てくれた。

最初は指示がないと動けなかった結人も、手伝い始めて三日も経った頃には業務の流れを理解し自発的に動けるようになっていた。さらに余裕が出てくると、結人は店内の物の配置や導線、デザインを観察するようになった。常連のお客さんには、会話の中でそれとなく店の印象や改善して欲しい点などがあるかどうかを探ってみたりもした。

そうして結人は、自分の描いた『おむすびや』の店舗デザインを真知が受け入れてくれなかった、その理由となり得る『あること』に気がついた。

結人はこれまで、いかにも昔ながらの商店といった店の見た目しか気に留めていなかった。古臭くてボロボロの看板と、色褪《あ》せた茶色のオーニングテント、低い天井に、薄暗い照明。『おむすびや』という店名に反するかのようにごちゃごちゃと並んだ駄菓子の棚。おむすびを並べた、ガラス張りのショーケースも年季が入っている。良く言えばレトロな店だが、結人にはずっとそれが受け入れ難《がた》く感じられていた。

そもそも、結人がこの店のデザインをしたいと思うようになったきっかけは、中学生の頃にあった。通学路にあって、結人の母親がやっている店だと知った同級生の男子たちに「だっせぇな！」とか「汚ねぇ店だな」と罵《ののし》られたのだ。その時、結人は恥ずかしさと悔しさを感じ、いつか自分がこの店を綺麗にして、悪口を言った奴らを見返してやろうと思った。ちょうどその頃、学校の課題で両親の職業について調べる機会があり、結人が三歳の時に亡くなった父親が建築デザイナーをしていた、と真知から聞かされたことも、結人がデザイン系の職を目指す大きな要因となった。

いつしか、もし父が生きていたら、真知の為に素敵な店舗デザインを描いて改装して喜ばせていたのではないか——そんなことも考えるようになった。

しかし、実際に『おむすびや』で働いてみて、結人が永らく嫌悪感を抱いていた古臭さにこそ、この店の魅力が秘められているのでは……と感じた。

三丁目交差点の角に建つ『おむすびや』は、結人が生まれる何十年も前から、近所の人や、道路を隔てたところにある『西高《にしこう》』の生徒、ほか多くの人たちに愛され続けている。小さな店ながら、こうして続けてこられたのにはちゃんと理由があるのだ。

「ねえ、真知……今日帰ったら話したいことがあるんだけど」

結人がそう持ちかけたのは、手伝い始めて六日目の夕方、閉店後の片付けが終わった時だ。

「あらなあに？　店はもう閉めたんだし、ここで話したら？　今日の夕飯は微妙に残ってる具材でおむすびでも握って帰るつもりでいたから、炊飯中なの。炊けるまで少しの間、暇だから、一服しながら聞くわよ」

そう返された結人は、いきなり試験を前倒しされたような気分になり、鼓動が一気に速くなるのを感じた。しかし同時に、店のことを話すのだから、ここで良かったのかもしれないと覚悟を決め、深呼吸をする。

「……分かった。じゃあ、お茶淹れてくるから、真知はそこに座ってて」

「さすが、結くんは気が利くね〜！」

一服しながら、と言った真知の言葉を聞き逃さなかった結人は、勝手を覚えた狭いキッチンスペースに向かうと、テキパキと急須に緑茶の茶葉を入れた。お客さん用の電気ポットはもう洗って乾かしてあったので、ヤカンでお湯を沸かすと、一旦、湯呑みに注いでお湯の温度を下げてから急須に入れる。一分程待ってから二つの湯呑みに、濃さが均一になるように注いでいった。この淹れ方は、お茶好きだという境さんから休憩中に教わった。

「お待たせ」

「ありがと！　あっ、見て見て、茶柱が立ってるよ。結くんが何の話するかは知らないけど、なんか幸先《さいさき》いいね！」

店内の端に置かれた竹製の長椅子——おむすびや駄菓子を買った人がすぐに食べられる休憩スペースとして設置されている——に座った真知はご機嫌だ。

「ほら、ちょっと狭いけど、結くんも隣に座りなよ」

「や、俺はこっちの丸椅子でいい……」

人目はなくても、さすがに小さな長椅子に親子で並んで座るのは恥ずかしく感じ、結人はキッチンから持ってきた丸椅子を真知の斜め向かいに置いて座る。

「もー、照れちゃって〜」

真知にからかわれた結人は、ため息をついてから、ゆっくりと口を開いた。

「えっと……まず、ごめん。自分勝手な思い込みで、この店の改装デザインを描いて押しつけるみたいなことして……それでいて受け入れてもらえなかったからって不貞腐《ふてくさ》れてたの、謝ろうと思って」

湯呑みを一旦、手近な棚に置いた結人は、真知に向かって頭を下げる。そして顔を上げると、真知はなぜか少し驚いたような表情を浮かべた。

「あと、この店のことずっと、古臭くてボロボロで嫌だなって思ってたんだけど、働いてみたら、その……味があるっていうか、このままでも良い店だなって思えるようになったんだ。だから……真知が俺のデザインを拒否したのも頷けるっていうか。俺、まだまだ勉強不足なんだなって反省して……」

そこまで言った時、真知が突然、結人の言葉を遮るように声を上げた。

「ちょっと待って、ごめん！　私、結くんが最近少し不機嫌だな〜とは感じてたけど、まさかあのデザインのことで悩んでたなんて気づいてなくて……」

「え……マジかよ……」

真知は昔から天然でちょっとずれているところがある、とは思っていた結人だったが、さすがにその言葉には驚いた。

「本気で悩んでた俺の時間返せ……」

「うっ、本当にごめん。それに、あのデザインを見せられた時、とっさに改装する気ないって突き放すようなこと言っちゃって悪かったわ。改装しないでいたのは、私がいつまでも過去に囚《とら》われているのが原因なの……」

真知はそう言うと、今度は泣き出しそうな表情で弱々しく笑った。

「過去に囚われている……？」

「そう。ねえ、結くんは何で店名が『おにぎりや』じゃなくて『おむすびや』なのか分かる？」

「いや、あんまり考えたことなかったけど、何かこだわりでもあるの？」

「うん。ここは仁《じん》くん……あなたの父親と私の縁を結んでくれた店だからなの」

それから真知は、夫との馴れ初めを懐かしそうに目を細めながら語った。

この店がまだ前の店主である老夫妻が営む『おにぎりや』で、真知が高校二年生だった頃、店が建つ三丁目交差点の角で、真知と仁がぶつかってしまったのが出会いのきっかけだったという。衝突した拍子に買ったばかりのおむすびが宙を舞い、仁がとっさにそれをキャッチしたことで、真知は大好物の鮭おむすびの命の恩人（？）として、仁に懐いてしまったのだ。いつしか仁も真知に惹《ひ》かれていき付き合うようになり、そのまま仁の就職を機に二十二歳で結婚、翌年には結人が生まれた。その後、老夫妻から店を譲り受けた真知は『おむすびや』と店名を改め、経営を続けていたのだったが——。

「あれはそう、夏の初めの夕立が降った日……。仁くんは仕事で近くまで来たから、久々に顔を出そうかなって店に電話をくれたんだけどね」

店の前の交差点で、横断歩道を渡ろうとした仁は、居眠り運転をしていた軽トラに突っ込まれてそのまま命を落としてしまった。

「店の前ですごい音が聞こえたからビックリして飛び出したら、仁くんが事故に巻き込まれていて……。この店は、仁くんとの出会いの場所でもあり、思い出の場所でもあり、最期の別れの場所でもあったの。だから私、仁くんのこと忘れたくない、離れたくない一心で、ずっとここで働き続けてきたのね……」

結人は初めて聞かされた話の内容に衝撃を受けたが、真知の夫に対する一途な想いを知り、そして納得した。

「そっか……うん、分かった。父さんのことを忘れたくないなら尚更、この店はこのままでいいと思う。辛いことまで思い出させちゃってごめん……」

結人は母親をこれ以上傷つけまいと気遣いの言葉をかけたのだったが、真知はなぜか不意にクスッと笑った。

「もう……結くんは優しいね！　ってか、いつの間にそんなイイ男に成長しちゃってたのよ！　私もウジウジと過去に囚われてるの、やめやめ！」

そう言って勢いよく立ち上がり緑茶を飲み干すと、キッチンへ消えていく。

その唐突な行動に結人がポカンとしていると、真知はすぐに白いお皿に二つの温かい『おむすび』を持って戻ってきた。

「はいこれ、仲直りのしるしに、一緒に食べよう！」

差し出されたのは大きな海苔が巻かれた握り立てホカホカ、三角おむすび。

結人と真知の大好きな具である鮭が、天辺《てっぺん》から少し顔を覗かせている。

ちょうど小腹の空いていた結人は一つ手に取ると、思いきりかぶりついた。

「はっ、はふっ……うまっ！　やっぱ、真知のおむすびは最高だな」

「嬉しいこと言ってくれるね！　そうそう、『おむすびや』を続けてこれたのは、結くんがいつもそうやって美味しそうに食べてくれたからなんだよ」

ふと見れば、真知は少し皺の寄った目尻から透明な滴を伝わせ、いつになく優しく笑っている。

「私、まだまだ頑張るから、結くんが建築デザイナーになったらこの店の改装、頼むね！」

結人は真知の言葉と涙につられて目頭が熱くなるのを感じながら頷き返すと、おむすびをゆっくりと味わうのだった。

数年後——結人によって改装された店内で、家族写真やたくさんの思い出に囲まれながら、真知は今日も元気におむすびを握り続けている——。

この物語はフィクションです。
実在の人物、団体等とは一切関係がありません。
本作は、書き下ろしです。

PROFILE 著者プロフィール

青信号の46秒

朝来みゆか

11月3日生まれ。O型。推していたアイドルがグループを卒業して、はや一年以上。はまるもののない日々を送っていましたが、最近、ヒゲダンの動画を見ていると、時間が倍速で進んでいることに気づきました。

ひまわりの君

浅海ユウ

山口県出身。関西在住。著書に『神様の御朱印帳』『お悩み相談室の社内事件簿』『骨董屋猫亀堂・にゃんこ店長の不思議議帳』『京都あやかし料亭のまかない御飯』『ラストレター』『空ガール』他がある。

金魚供養

一色美雨季

「読む、書く、縫う、編む」が好きな根っからのインドア派。『浄天眼謎とき異聞録―明治つれづれ推理』で第2回お仕事小説コン、グランプリを受賞。その他に児童小説や、美雨季名義でノベライズも手掛ける。

つないだ手

国沢裕

5月24日生。神戸在住。日本心理学会認定心理士。拳法有段者。懸賞マニア。著書に『魔女ラーラと私とハーブティー』『迷宮のキャンバス』(ともにマイナビ出版ファン文庫)などがある。

記憶が交差するところ

杉背よい

著書に『あやかしだらけの託児所で働くことになりました』(マイナビ出版ファン文庫)、『まじかるホロスコープ☆こちら天文部キューピッド係!』(KADOKAWA)など。石上加奈子名義で脚本家としても活動中。

楽園リミット

天ヶ森雀

2015年『純情欲望スイートマニュアル』(蜜夢文庫)で紙書籍デビュー。主にTL界隈に生息。著書に『アラサー女子と多忙な王子様のオトナな関係』(蜜夢文庫)や御伽噺シリーズ他。日々上昇する忘却粗忽能力と格闘中。

親指の迷信
鳴海澪

恋愛小説を中心に活動を始める。恋愛小説の個人的バイブルは『ジェーン・エア』。動物では特に、齧歯類と小鳥が好き。既刊に『ようこそ幽霊寺へ～新米僧侶は今日も修業中』（マイナビ出版ファン文庫）などがある。

幕の向こうに綺羅星はある
猫屋ちゃき

乙女系小説とライト文芸を中心に活動中。2017年4月に書籍化デビュー。著書に『こんこん、いなり不動産』シリーズ（マイナビ出版ファン文庫）『扉の向こうはあやかし飯屋』（アルファポリス）などがある。

最後の交差点
ひらび久美

大阪府在住の英日翻訳者。『福猫探偵～無愛想ですが事件は解決します～』『Sのエージェント～お困りのあなたへ～』（ともにマイナビ出版ファン文庫）のほか、恋愛小説も多数執筆。読書と柑橘類と紅茶が好き。

人生の地図
溝口智子

星新一のショートショートを読んで育つ。小学校5年生まで、工場には人が居ず、フルオートメーションが当たり前だと思っていた。マイナビ出版ファン文庫に著作あり。お酒を愛す福岡県在住。ちゃぶ台前に正座して執筆中。

推し活スルースキル
南潔

『質屋からすのワケアリ帳簿』、『黄昏古書店の家政婦さん』（マイナビ出版ファン文庫）など、他書籍発売中。

三丁目のおむすびや
矢凪

千葉県出身。ナスをこよなく愛すフリーライター。『茄子神様とおいしいレシピ』が「第3回お仕事小説コン」で優秀賞を受賞し書籍化。柳雪花名義の著書に『幼獣マメシバ』『犬のおまわりさん』（竹書房刊）がある。

ファン文庫 TearS

交差点であった泣ける話
～人生と思いが交わる運命の場所～

2020年7月30日　初版第1刷発行

著　者　朝来みゆか/浅海ユウ/一色美雨季/国沢裕/杉背よい/天ヶ森雀/鳴海澪/猫屋ちゃき/ひらび久美/溝口智子/南潔/矢凪
発行者　滝口直樹
編集　ファン文庫Tears編集部、株式会社イマーゴ
発行所　株式会社マイナビ出版
〒101-0003　東京都千代田区一ツ橋二丁目6番3号 一ツ橋ビル　2F
TEL　0480-38-6872（注文専用ダイヤル）
TEL　03-3556-2731（販売部）
TEL　03-3556-2735（編集部）
URL　https://book.mynavi.jp/

イラスト　丸紅茜
装　幀　徳重甫＋ベイブリッジ・スタジオ
フォーマット　ベイブリッジ・スタジオ
DTP　田辺一美（マイナビ出版）
印刷・製本　中央精版印刷株式会社

 ISBN978-4-8399-7398-8
Printed in Japan